能面検事の死闘

NOMEN KENJI no
SHITOH

Nakayama Shichiri

中山七里

光文社

能面検事の死闘

目次

装幀　長﨑　綾
（next door design）
装画　斎賀　時人

一　無辜の人々

1

四月十日午前七時十五分、南海電鉄《なんかい》岸和田駅《きしわだ》。

同駅中央口には東西の出口があり、西口から北西に延びる道路は昭和大通《しょうわおおどおり》と呼ばれ岸和田カンカンベイサイドモールに至るまで商店街が続いている。バス・タクシーターミナルは東口にあるため、こちらの出口は徒歩でやって来た通学・通勤客でごった返していた。

季節柄、客の中には新しい顔が多い。新生活に胸を躍《おど》らせる者、不安に足を重くする者、一方、通勤も仕事のうちと顔を上げて歩く者、満員電車に倦《う》んだ者、西口駅前は先を急ぐ利用客を呑《の》み込みながら、いつもの忙《せわ》しない朝をやり過ごす。

そのクルマが西口に近づいてきた時も注意を払う者はほとんどいなかった。型落ちのワゴン車で色は白。個性やら自己主張を徹底的に排除したようなクルマだった。数少ない目撃者の一人は、送り迎えに乗りつけたようにしか見えなかったと証言する。

突如、ワゴン車はスピードを上げて改札口に驀進《ばくしん》してきた。いきなり唸《うな》り出したエンジン音を耳にしても、咄嗟《とっさ》に反応できた利用客はほんのわずかだった。

ワゴン車は改札に向かう利用客の列に突っ込む。歩道に溢《あふ》れんばかりに並んでいた者たちはその場から飛び退《の》こうと慌てふためき、あっという間に将棋倒しが起こる。

それでもワゴン車がブレーキをかける気配は微塵《みじん》もない。鉄の獣は凶暴な咆哮《ほうこう》を上げながら彼らに襲い掛かった。

最初の被害者宇野鉄二《うのてつじ》（五十歳）は勤務先の家電量販店に出勤する途中だった。ワゴン車の左バンパーに撥《は》ねられた身体《からだ》は宙を舞い、ボンネットの上で大きく跳ねてからアスファルトの上に落下した。宇野の真後ろにいた十九歳の男子予備校生は肉の潰《つぶ》れる音を間近で聞いた。

宇野を撥ねたワゴン車は尚《なお》も利用客を巻き込む。二人目の被害者大倉一輝《おおくらかずき》（三十五歳）は一カ月前に勤めていた会社が倒産し、ハローワークに向かう途中だったところ災禍《さいか》に遭遇した。その場から逃げ出そうと回れ右をした途端に背後から激突され、車止めポールとともに駅舎の壁に放り投げられた。壁際に立っていたパート勤務の主婦は、その身体が壁にぶつかった瞬間、夥《おびただ》しい血を顔面に浴びた。

壁際に迫ったワゴン車は若干の進路変更を行い、左に大きく曲がる。直後に栫井剛《かこいつよし》（四十歳）の足を巻き込み、そのまま彼を下敷きにした。栫井は市内にある不動産仲介会社に勤めており、彼と一緒に潰されたカバンからは申し込み客のために持参した大量の物件情報が歩道に散らばった。

ワゴン車はバックを試みて再度栫井の肉体を踏み潰したが、車止めポールに遮《さえぎ》られてそれ以上は後退できなかった。

ハンドル操作を誤ったドライバーの暴走がようやく止まったかと遠巻きに見ていた目撃者の多く

は、そう信じていた。

だが停止したワゴン車から出てきた男は驚いても慌ててもいなかった。年の頃は三十代前半、迷彩服の上下。髭《ひげ》は剃《そ》っているものの、肩まで伸びた髪は艶《つや》がない。顔にも身体にも余分な肉がつき、ひと目で運動不足と分かる。男の名前は笹清政市《ささきよまさいち》、岸和田市内に住む三十二歳だった。

笹清の右手には刃渡り三十センチほどの大型サバイバルナイフが握られていた。朝陽《あさひ》を浴びて刃がぎらりと反射する。

体形から運動不足に思えた笹清は意外な敏捷《びんしょう》さを見せた。ワゴン車から離れるなり、通行人の群れに向かって駆け出したのだ。

この時点で危険が去った訳ではないことを察した者たちはクモの子を散らすように四方八方に逃げ惑う。その中にはタイミングを逸した者もいた。

内海菜月《うちうみなつき》（二十三歳）はこの春、念願だった新聞社に入社を決め、大阪支社に勤め始めたばかりだった。同期の中では一番筆記試験の成績がよく、配属先の上司にも「素直で物怖《ものお》じしないところがいい」と評価されていた。だが物怖じしないことが警戒心の欠如に繋《つな》がる時もある。逃げ遅れた菜月は三歩進まぬうちに捕まり、笹清の振り下ろした凶刃に背後から貫かれた。切っ先は心臓を貫通したため、笹清がナイフを抜くと創口《きずぐち》からは大量の血が噴出した。返り血を浴びると、迷彩柄の上からでも笹清の全身が血塗《ちまみ》れであるのが分かる。

まるで被害者の返り血を活力源にするかのように、笹清はひと声吼《ほ》えてから次の獲物を渉猟《しょうりょう》する。

菜月と同様、逃げ遅れた者は他にもいた。蛸地蔵《たこじぞう》の病院に向かう途中だった駒場日向《こまばひなた》（六十八歳）もその一人だ。日向は二週間前に軽い捻挫《ねんざ》を起こしていた。かかりつけの病院はひと駅離れており、息子夫婦はクルマで送ろうかと提案したが電車くらい一人で乗れると本人が言って聞かなかったのだ。

付き添いの不在と捻挫が災いし、日向はまともに歩くこともできず、すぐ笹清に捕獲される。背後から押されると、ひとたまりもなく歩道に倒れ伏した。逃げ惑う群衆の中には止めに入ろうかと考えた者もいたが、全身血塗れの笹清を見た途端に足が竦《すく》んだという。

一方、敬老精神など欠片《かけら》も持ち合わせていない笹清は情け容赦なかった。転んだ日向に馬乗りになり、自由を奪った上でナイフを振り翳《かざ》した。

「助け」

日向は叫んだが最後まで言葉が続かなかった。ナイフは肩甲骨の隙間から肺に達し、彼女から呼吸機能を奪ったのだ。続く言葉の代わりに日向が吐いたのは気泡の混じった血だった。

背中に刺さったナイフを抜かれると、彼女は最後の抵抗とばかり大量の血飛沫《ちしぶき》を相手の顔面に浴びせた。笹清の顔は血で斑《まだら》模様となり、ますます鬼の形相に近づいていく。

樋口詩織《ひぐちしおり》（十七歳）には歳相応の勇気と正義感があった。向こう見ずと言われようと、身体の不自由な人間が力の強い者に蹂躙《じゅうりん》されているのを黙って見ている訳にはいかなかった。日向の叫びに足を止めて振り返り、視線の先十メートルの惨劇を網膜に焼き付けた。

その一瞬が詩織の命運を決めた。

笹清は次の標的を詩織に定めて駆け出す。二人の距離が縮まるのに三秒と要しなかった。不意を衝《つ》かれたかたちの詩織は回れ右もできず、笹清と正面から対峙《たいじ》することとなる。

狂気に憑《つ》かれた成人男性と反射神経を発揮し損なった少女では最初から勝負にならなかった。詩織はあっという間に組み伏せられた。抵抗を試みる。手の平と手首に合計四カ所の防御創を拵《こしら》えた時点で体力と精神力に綻《ほころ》びが生じた。何撃目かのナイフが頸動脈《けいどうみやく》を切り、夥しい出血とともに抵抗力が失われていく。胸部と腹部をそれぞれ二カ所ずつ刺されると、彼女は動くのを止めた。

殺戮《さつりく》の荒野に取り残された羊の中で最もひ弱だったのは浅原元気《あさはらげんき》（八歳）に相違ない。小学二年生、通学途中で奇禍《きか》に遭遇し、他の児童とはぐれてしまっていた。

成人ですら正視に堪《た》えない惨劇を目《ま》の当たりにした八歳児がどのようなショックを受けたのか、第三者が想像するのは極めて困難だ。だが真っ白な脚を小刻みに震わせて突っ立っている姿を見れば、恐怖が臨界点に達しているのは容易に見当がつく。

「やめんかあっ」

さすがに制止の声を上げる者が現れた。

「まだチビ助やないかっ」

「早《は》よう警察。警察呼べ」

「それより救急車や」

笹清から距離を取った群衆の中からは携帯端末で警察や消防署に通報する者が現れ始めた。

だが通報より早く、岸和田駅前交番に常駐していた高松《たかまつ》・三沢《みさわ》の両巡査は駅前の騒ぎに気づいて出動していた。惜しむらくは、彼らの出動があと五分早ければ被害者はワゴン車の犠牲になった三人だけで済んだのかもしれない。

二人の巡査は元気の救出にタッチの差で間に合わなかった。

元気は喉を真横に切られていた。切断口からはぴいぴいと間歇《かんけつ》的に音が洩《も》れている。ここまでナイフで四人を手にかけた笹清もさすがに体力を消耗したと見え、元気の身体を押さえつけながら肩で息をしていた。

現場に到着した両巡査は、まずその凄惨さに言葉を失った。

そこは日常から乖離《かいり》した修羅場だった。

高松巡査は地獄絵図という言葉を連想し、三沢巡査はニュース映像で見たテロ現場を思い出した。

誰が騒ぎの張本人かは一目瞭然《りょうぜん》だった。巨大なサバイバルナイフを手にした男が子どもの上に馬乗りになっているのだ。ざっと見渡しただけでも七人もの老若男女が血を流している。

両巡査は合図もなしに、同時に銃を構えた。

「子どもから離れろおっ」

「武器を離せえっ」

両巡査とも犯人と思《おぼ》しき男が抵抗したりナイフを放棄しなかったりすれば、直《ただ》ちに威嚇《いかく》射撃を試みるつもりだった。ところが案に相違して、男は手にしていたナイフを放り投げると両手を挙げて投降の意を示した。

この時、三沢巡査は心の片隅で男が少しでも抵抗してくれたらと願っていた。斃《たお》れている七人の被害者の中には明らかに絶命しているらしき者もいる。彼らの仇《かたき》を討つには、犯人側の抵抗が是が非でも必要だった。

高松巡査は射殺に消極的だったが、武器を放棄した男が返り血を浴びながら薄笑いを浮かべているのを見て自制心を失いそうになった。この世には殺されていい人間など存在しない。しかし七つもの無辜《むこ》の命を奪ったケダモノを果たして人間と呼べるのかどうか。

大の字でうつ伏せになれという命令にも笹清はおとなしく従った。両巡査は慎重に接近すると、その手に手錠を嵌《は》めた。

瞬間、群衆の中から安堵《あんど》の溜息《ためいき》と怒号が飛んできた。

「お巡りさん、よう逮捕してくれた」

「救急車。救急車はまだか」

「犯人の顔、こっち向けさせえ」

「あんのクソ野郎、クルマ降りてからは女子供しか狙いよらへんかったけ」

「あの男、こっちぃ連れてこい。わしらが仇討っちゃる」

恐怖の呪縛から解き放たれた群衆が口々に喋《しゃべ》りだし、スマートフォンで笹清と巡査たちを撮影し始めた頃、ようやく救急車数台が到着した。救急隊員たちは必死に被害者たちの蘇生に努めたが、その甲斐《かい》もなく命を取り留めた者は一人もいなかった。

＊

殺人および傷害の容疑で逮捕された笹清は直ちに岸和田署へと連行された。連行したのは岸和田署から駆けつけた強行犯係の成島《なるしま》巡査部長と緑川《みどりかわ》巡査部長。携帯していた運転免許証で笹清の氏名と住所、襲撃に使用したワゴン車がナンバーからレンタカーであることは既に判明している。

現場から岸和田署まで直線距離にしてわずか五百メートル。それでもパトカーに押し込んだが、護送中も笹清は薄笑いを止めようとしない。頭の天辺《てっぺん》から爪先《つまさき》まで浴びた返り血が凝固し、薄笑いが仮面のように固まった。血飛沫と汗の混じった異臭も鼻を突く。

「いい加減、その薄気味悪い笑い顔はやめろ」

後部座席で成島が注意しても、笹清は表情筋を弛緩《しかん》させて口を半開きにしている。咄嗟に成島は笹清が精神疾患である可能性に思い至り、不安を覚える。

『刑法第三十九条、心神喪失者の行為は、罰しない。2　心神耗弱者の行為は、その刑を減軽する。』

冗談ではない。七人もの命を奪っておいて刑罰から逃げるつもりなのか。

運転免許証の最新交付日は二年前の十二月になっていた。正常だった者が、たったの二年間で異常を来《きた》すものなのだろうか。精神医学に詳しくない成島は、堪《たま》らず笹清に問い掛ける。

「笹清。俺の話していることを理解しているか」

「はあ」

笹清は薄笑いの顔をこちらに向ける。

「笑うのはやめろってんでしょ。分かってます。理解してますって。でも、どうしよーもないんですよお。さっきから神妙な顔にしようと努力してるんですけどね、自然とにやけちまうんですよお」

笹清が逮捕された時点で、大阪府警は特別捜査本部の開設を決定していた。これほどの重大事件となれば府警本部が主導権を握りにくるだろうが、所轄にも所轄の意地がある。岸和田署の目と鼻の先で七人も殺されたのだから警察も舐《な》められたものだ。府警本部の捜査員が到着するまでにはまだ間がある。先に所轄で取り調べをしても文句を言われる筋合いはない。笹清から自供を引き出し、さっさと調書を作成してしまいたい。

先刻目にした犯行現場の惨状が成島の脳裏を掠《かす》める。殺害された七人が病院に搬送された後も、西口駅前から人が消える気配は一向になかった。他に被害者がいないかと確認して回る私服警官、野次馬の整理と現場保存に走り回る制服警官、アスファルトを這《は》うようにして遺留品の採取に努める鑑識係、そして規制線の外からカメラを回す報道陣。

現場には驚愕《きょうがく》と哀悼《あいとう》、加えて困惑の空気が蔓延《まんえん》していた。普段は通学・通勤客の生気で溢れ返っている駅前が、今は絶望と終末感に沈んでいる。歩道やアスファルトの上に流れた血の量も夥しい。時折吹く風に送られる血の臭いが嘔気《おうき》を誘っていた。

殺害された七人のうち四人までもが女性と子どもであることが、どうにも許し難い。しかも残り三人はワゴン車での轢殺《れきさつ》だ。通り魔事件では常に社会的弱者が標的になるが、今回の事件はその傾向がより顕著になっている。捜査や取り調べに個人的感情は禁物だが、成島は笹清への憎悪と嫌悪を隠し果《おお》せる自信がない。

身体検査と着替えを済ませた後、取調室へと向かう。成島は緑川を記録係に従え、笹清と対峙する。

「まず氏名と住所を」

笹清は答えず、ただこちらの顔を興味なさそうに眺めている。

「答えろ、笹清」

「俺が答えなくたって、名前も住所も免許証で把握してるじゃないですか」

「規則だ」

「規則ね。俺のスマホを押収したのも規則ですか」

笹清は小馬鹿にするように話す。その物言いが既に癇《かん》に障《さわ》る。笹清が所持していたスマートフォンは逮捕時に取り上げている。今頃は鑑識係が保存された内容を分析している最中だろう。

「とにかく自己申告しろ」

「刑事さんが読み上げてくださいよ。違っていたら指摘しますから」

自制心を最大限に発揮させて、成島は感情を抑え込む。

「氏名、笹清政市。年齢三十二歳。住所、岸和田市岡山町《おかやまちよう》○－○。間違いないか」

「ええ。その通りです」

「今回使用したクルマはレンタカーだな。どこで調達した」

「隣町にレンタカーの営業所があるんで、昨日の夕方から借りました」

押収したレンタカーのコンソールボックスの中には領収書が丸め込まれており、笹清がワゴン車を借り入れた時間が印字されていた。日付は昨日九日の午後四時三十六分。

「ワゴン車を借りたのは、最初から犯行目的だったのか」

笹清はまた黙り込む。頑固に黙秘を貫くつもりはないらしいが、積極的に供述する態度でもない。同じ質問を何度か繰り返し、ようやく答える。まるでこちらとの会話を楽しんでいるようにさえ思える。

「だって俺、足になるものを持ってませんから。第一、岡山町の自宅から岸和田駅前までサバイバルナイフ携《たずさ》えてうろうろしてたら、すぐ職務質問されそうじゃないですか」

悪びれもせずに喋るので、聞いているこちらは苛立《いらだ》ちが募《つの》るばかりだ。供述内容をパソコンに打ち続けている緑川に視線をやると、やはり怒りを堪《こら》えている様子がありありと窺《うかが》える。

岸和田署に配属されて五年、相手をした容疑者の大半は地元民だ。泉州《せんしゅう》弁のきつさもあり岸和田の人間は荒っぽいように思われているが、実際にはざっくばらんで理性的な者が多い印象がある。だからという訳ではないが、笹清の物言いはいちいち引っ掛かる。ただ七人を殺《あや》めただけではなく、行為を悔いているようには到底見えないからだろう。

「凶器のナイフはどこで仕入れた」

「昨日の夕方。市内にナイフの専門店があるんですよ」

「ずいぶん大型のナイフだな」

「山中で蔦《つた》や薪《まき》を切るのに使いますから、それくらいの大きさがないと。獣肉を捌《さば》くにしても刃が頑丈でないと刃こぼれしますす」

「詳しいな。アウトドア派か」

「まさか。サバイバルゲームどころかキャンプすらしてません。ナイフに関する知識は全部ネットから拾ったんですよ」

「じゃあ、今回の計画のためにわざわざ購入したんだな」

「部屋に引き籠《こも》りっぱなしの人間ですよ。たかが六畳間でサバイバルナイフ使う機会なんてある訳がない」

「犯行当時、迷彩服の上下を着ていただろう」

「日頃からあんなもの着やしません。あれは晴れ衣装ですよ。先週、通販で購入したばかりです」

「……もう一度言ってくれ」

「晴・れ・衣・装。だって俺が人生で初めて主役を張れる場面なんですよ。ここ一番て時に着ずしていつ着るっていうんですか」

襲撃用のレンタカーと殺戮用に購入したサバイバルナイフ。この二点で笹清の計画性は立証されたも同然だ。こうして話している限り、笹清に精神鑑定の必要性も認められない。責任能力を有し、犯行に計画性があったとなれば極刑は免れない。

同じことを考えていたらしく、目配せすると緑川は小さく頷《うなず》いてみせた。

「家族構成はどうなっている」

「父親と一緒に暮らしてます。母親は四年か五年前、病院で死にました」

「父親は事件について知っているのか」

しばらく成島の顔を眺めてから、笹清は嘲笑するように言う。

「ここしばらくは就職についても話したことがないのに、駅前で通り魔やるなんて相談をすると思いますか」

「今は無職か」

「さっきも言ったでしょ。母親が死んでここ四、五年は仕事もせず外出もしませんでした」

「バイトの類《たぐい》もなしか」

また返事が途切れる。

「そうですね。バイトの類もなしです。って言うより、俺、正社員になったためしがないんですよ。大学卒業してからもずっと非正規非正規で」

「大学卒業は何年だった」

「二〇一〇年三月」

西暦を聞いて成島は部分的に合点する。二〇一〇年と言えばリーマンショックの翌々年、新就職氷河期が始まったとされる頃だ。

「国公立大出ても、正社員として採用されるとは限らなかったんです。関西なんてひどいもんでした。関関同立《かんかんどうりつ》でも内定がなかなかもらえなかったんです」

関関同立とは関西の名立たる難関私立、すなわち関西《かんさい》大学・関西学院《かんせいがくいん》大学・同志社《どうししゃ》大学・立命館《りつめいかん》大学を指す。いずれも就職には強いという印象だったがリーマンショック直後はしばらく苦戦を強いられたと聞く。

「大学ＯＢの体験談とか就職マニュアルの一切合財《いっさいがっさい》が役に立たないんですよ。書類選考の段階で早々に足切りが始まって、何とか面接までこぎつけても、面接担当者のヤツら、不採用の理由を探しているようにしか見えなかった」

それまで冷笑を貫いていた表情に憤怒《ふんぬ》が宿る。十年前の出来事を未《いま》だに忘れずにいるのは、どれだけ恨み骨髄《こつずい》だったのか。

「面接官が応募者の欠点を本人の前で論《あげつら》うんですよ。入室した時のお辞儀がなっていないとか座った時に膝が開いているとか。それだけならまだしも、言葉の端々に岸和田弁が残っているとか面接官を見る目が挑発的だとか、能力に関係ないことまで落とす材料にしやがる。それも一社や二社じゃない。面接を受けたところはどこもそうだった」

無関係な企業の面接官同士が連絡を取り合っているはずもない。不特定多数の面接官から同じ指摘をされたのなら、それこそが笹清に対する人物評価ではないのか。

意地の悪い考えが頭を過《よぎ》ったが、今は笹清を自由に喋らせる時間だった。

「結局、どこの会社も結託して新卒を採ろうとしなかった。でも新卒不採用が表沙汰になると世間から批判を浴びるんで、形の上だけ面接をしたのが実情でした。しょうがないから、その年はコンビニのバイトで食いつないで就職浪人したんです。ところが二年目は面接すらできなくなった。第二新卒なんて書類選考の段階でアウトでした」

「バイトは続けたのか」

「一年間だけ。オーナーが新しくベトナム人を雇いましてね。そっちの方が人件費が安くて済むって、更新もさせてもらえなかったですよ」

コンビニをクビになった笹清は引き籠りと短期のバイトを繰り返した。ハローワークにも通ってみたが意に沿う求人が見つからないまま、いつしか疎遠《そえん》になったという。そして母親の病死をきっかけに、完全な引き籠りになる。

「俺らより一つ上のヤツらは滑り込みセーフで、今も企業の中でぬくぬくと暮らしています。能力なんてからっきしないくせに。で、俺らより下の人間もリーマンショックのほとぼりが冷めた頃に新卒採用が元に戻りました。新卒採用だけじゃなく第二新卒まで採るようになりました。要するに俺らの年代だけが貧乏くじを引かされた。言ってみれば時代の被害者なんですよ」

笹清の恨み節がひとしきり続いてから、成島は事件の核心に切り込んでみる。

「それが無差別殺人の動機なのか」

笹清はまたも黙り込む。短気になるな、と成島は己を戒《いまし》める。

「宇野鉄二さん、大倉一輝さん、桥井剛さん、内海菜月さん、駒場日向さん、樋口詩織さん、浅原元気くん。この中で聞き知った名前はあるか」

「誰ですか、それ」

「お前がワゴン車で轢《ひ》き、ナイフで刺した被害者たちの名前だ」

彼らの名前を挙げたのには理由がある。笹清が手に掛けたのは無個性な存在ではなく、それぞれに固有の名前を持った人間であると認識させるためだ。

案の定、笹清の反応は希薄に過ぎた。神妙にするでも貶《おとし》めるでもなく、被害者たちの名前をただの記号としか受け取っていないようだった。

「俺が殺したのが人間だってのは理解していますよ。この国の人間を、それも市井《しせい》で幸せに暮らしている人間を殺さなきゃ復讐《ふくしゅう》にならない。当然でしょ。さっき刑事さんは無差別殺人と言いましたよね。違いますよ」

笹清は片手をひらひらと振ってみせる。

「四月初め、駅に急ぐ連中は会社なり学校なりに通うヤツらでしょ。毎日、目的やすることがあるのは贅沢《ぜいたく》ですよ。そういう贅沢なヤツらを殺してこそ、俺みたいな落伍者《らくごしゃ》が世界に一矢《いっし》報いることができるんです。ねっ、ちゃんと標的は選んだんですよ。無差別だなんて失礼なことを言わんでください」

たんっ、と硬い音がした。振り向かずとも分かる。供述内容を文章化していた緑川が思い余ってキーを強めに押下したのだ。

キーに当たるな。

成島は無言で注意を促す。

お前はまだいい。聞いている内容を文章に起こすだけだからな。本人と直接やり取りしている身にもなれ。

「じゃあ今まで話した内容を時系列に沿って整理する。もし事実誤認があれば、その都度《つど》言え」

初めの就職活動に失敗してから、幾度も正社員になろうとしたが願いは叶《かな》わず、転職と退職を繰り返すうち自分を蔑《ないがし》ろにする社会に対して憎悪を抱くようになった——。

何やら安手の新聞記事のような内容だが、人がレールを踏み外すのは大抵ありきたりな理由だからそれは構わない。応《こた》えるのは、ありきたりな理由で七人もの無辜の命が奪われた事実だった。

そろそろ七人の死亡が遺族に伝わっているはずだ。遺族が驚き慌てて駆けつける頃、遺体は大学の法医学教室に搬送され司法解剖に付されている。その後は岸和田署内で遺族による確認が控えている。遺体と遺族を引き合わせるのは一番応える仕事の一つだが、今回はそれが七回も控えているのだ。

どこか満足げでどこか放心気味の笹清を前に、成島の自制が続く。昨今は取り調べ可視化で笹清とのやり取りは逐一記録されている。

成島は何度も可視化以前の取り調べを羨ましく思った。

犯行に至るまでを縷々《るる》述べた笹清は、最後にこんなことを口にした。

「刑事さん。無敵の人って知ってますか」

「無敵の人。知らんな」

「人間て大事なものができると守りに入っちゃいますでしょ。カネとか土地とか家族とか。そういうのを失いたくないから保守的になるし、法律を犯して身バレするのを怖《おそ》れるようになる。でもね、俺みたいに家庭も仕事も資産も地位も名誉も居場所もない人間は失うものがないからテロだろうが法律違反だろうが何だってやれる。無敵というのはそういう意味です」

2

犯行現場での鑑識作業は何ら支障なく進んだ。衝突等でボンネットが大破したワゴン車からは笹清の毛髪や体液の他、レンタカー会社の従業員や従前使用者の遺留品も多く採取されたが、いずれも無視できる範囲のものだった。

七人の男女が殺害された路上こそ物的証拠の宝庫だった。タイヤ痕からは、ワゴン車を運転していた笹清がまるでブレーキを踏んだ痕跡がないことが判明した。現場に残された夥しい流血の跡には笹清の下足痕がくっきりと残り、本人が殺戮の荒野を闊歩《かつぽ》していた事実が証明された。また被害者七人の衣服や皮膚からは笹清の汗が検出されている。凶器のナイフからは四人分の血液も検出された。柄《え》に残されていたのは笹清の指紋だけであり、惨劇が笹清によってもたらされた事実が立証されている。更に供述通り、市内のナイフ専門店〈ワイルドダガー〉の店員からは笹清が凶器となったサバイバルナイフを九日に購入した旨の証言も取れている。迷彩服を通販で購入しておきながら肝心のナイフをリアル店舗に求めたのは、ネットではお目当ての製品が見つからなかったためだ。

もっとも物的証拠以前に、笹清の犯行は何人もの人間に目撃されている。今更誤認逮捕云々《うんぬん》の話などあろうはずもなかった。

司法解剖に付された七人は、いずれも笹清のもたらした暴力によって死亡していた。宇野・大倉・栫井の三名は内臓破裂、他の四名は失血性ショック死であり、ほとんどが即死だった。遺族にとっては慰《なぐさ》めにもならないが、死への苦痛が短く済んだのがせめてもの救いだと成島は思った。

山ほどの物的証拠と本人の供述調書が揃《そろ》うと、捜査本部は事件の送検先について大阪地検と協議した。通常、管轄を考えれば岸和田支部になるのだが、事件の重大性に鑑《かんが》みて大阪地検が担当することで合意をみた。ただし送検した後も成島たちの仕事は終わらない。被害者遺族への遺体引き渡しと状況説明、ならびにマスコミ対応という厄介な仕事が残されている。

遺体の確認に訪れた遺族たちの反応は様々だった。家族の死に顔を前にひと言も発せず棒立ちになる者、霊安室の中で泣き崩れる者、遺体に取り縋《すが》る者、彫像のように突っ立つ者。だが、それぞれ悲しみに耐えているのは誰の目にも明らかだった。

一方、当然のことながらマスコミ各社の反応は悲しみよりも怒りや嘆きに彩られた。

地元の強みでいち早く報道したのは在阪のテレビ局だった。笹清逮捕の直後から現場にカメラを入れ、その凄惨さを茶の間に伝えた。スクラップ同然のワゴン車と血塗れの歩道、事件を目の当たりにした衝撃で倒れ込む通行人。死体そのものよりも、現場を映し出した方がより悲惨さを強調できる場合がある。岸和田駅西口の状況がまさにそれだった。

在阪テレビ局は目撃者の声も数多く拾った。事件直後の目撃談だったので、当時の恐慌と血腥《ちなまぐさ》さが如実に伝わってくる。

『まるで嵐やったよ。何の前触れもなく来よったし。クルマで三人も撥ねたら、普通はドライバーも茫然《ぼうぜん》とするやんか。それをあの男、クルマから出るなりでっかい刃物振り回しよって。ありゃ鬼や』

『最初から目つきが変やったんです。あれ、絶対クスリ打ってる目ェやと思いました』

『とにかくあっという間の出来事で……わたしは知りませんけど、テロの現場というんはきっとあんな光景やないかしら。クルマに轢かれた三人も気の毒やけど、ナイフで刺された四人がもうね。それがおばあちゃんと娘さんと女子高生と小っちゃい男の子。ホンマに卑劣。自分より弱そうな相手を選んでるんですよ。あれで麻薬とか打ってて心神喪失とか言うても絶対信用できませんよ。判断力バリバリやないですか』

『あんのクソ野郎、上下を迷彩服で揃えとった。兵隊のつもりか何か知らんが、本職の兵隊や自衛隊員に失礼極まりない。やったことは人間以下、ケダモノ以下やないか』

『とにかく小学生の男の子が不憫《ふびん》で不憫で。犯人と力の差があり過ぎて何の抵抗もできひんかった。見ている人間の何人か止めに入ろうとしたけど、頭から血被《ちいかぶ》った男が大《お》っきなナイフ振り回すもんやから誰も近づけんで。お巡りさんが駆けつけてくれへんかったら、被害者はもっと増えてたはずですよ』

翌十一日、大阪府警副本部長は事件の経緯と笹清政市の居住区と氏名を公表した。笹清の逮捕と氏名公表はワンセットであり、府警本部としては事件の終結を印象づけたい意向だった。

ところが世間とマスコミの反応は府警本部の思惑から外れた。事件は終結したものの、笹清に対する非難は氏名公表を機に燃え広がったのだ。

今までにも引き籠りの起こした事件は少なからず存在したが、笹清の場合は犯行態様の凶悪さが群を抜く。決定的なのは女性と老人を殺害し、最後に小学生児童を手に掛けたことだ。洋の東西を問わず子ども殺しは軽蔑の対象だ。犯罪者間ですら徹底的に侮蔑《ぶべつ》されるのだから、一般市民の感覚では尚更だった。

たちまちネットでは笹清に対する非難が噴出した。

『まーたコモラーかよ。ホンットどーしよーもねえな、あいつら』

『引き籠りというより無職というのが問題。こういう犯罪おかす奴って、たいてい無職なんだよな。普通に勤めている人間に、こんな派手な事件起こすヒマもつもりもない』

『いやいや、これって本人の責任はもちろんだけど、犯罪予備軍をそのまま放置している国の政策にも問題があるって。正規でも非正規でも構わんけど、もっと就業率高くしないと、こういう犯罪者は後を絶たんよ、ホントに』

『またぞろ自己責任論が幅を利《き》かせそうな雰囲気だけど、まあこれはしょうがないな。非正規雇用や引き籠りが犯罪の後押ししてるなんてのは論点のすり替えで、そんなこと言い出したら世の中の引き籠りは全員犯罪者予備軍になっちゃう。報道の仕方が偏向しているから引き籠りの犯行が目立つけど、これは引き籠りの人口が増えたから当然のことであって、今回の事件を社会保障制度の不備のせいにするのは、とんだお門違い』

『この男、即刻死刑にするべきです。何があったか知らないし知ろうとも思わないけど、憂さ晴らしに無差別に人を殺すなんて人間のすることじゃないです。人間じゃないのに、刑務所ではわたしたちの血税で養われることになるんですよ。わたしたちの税金はこんな人でなしを食わせるために払っているんじゃない！』

『七人もの尊い命が奪われ、被害者とその遺族にはかける言葉さえ見つかりません。犯人の男に七人の遺族全員で報復する手段はないものでしょうか』

『無職で親と同居だろ。これ、同居家族にも管理責任が発生するんじゃね？』

副本部長の記者会見に前後して捜査本部は笹清の自宅を家宅捜索した。犯行現場の物的証拠だけで送検するには事足りていたが、これだけの重大事件だからこそ念には念を入れる必要がある。情状酌量の余地など一片もないまでに材料を揃えろというのが本部の方針だった。

岸和田署からは成島と緑川も家宅捜索に同行した。自室から犯行の計画表なり犯行声明文なりが見つかれば御の字と捜査本部は考えているようだったが、成果はさほどのものではなかった。

部屋に入った途端、饐《す》えた臭いが鼻を突いた。まるで植物が腐ったような臭いだが部屋の中には観葉植物の類は一切なく、笹清の体臭が染みついたものとしか思えない。

空疎で陰気な住まいというのが成島の第一印象だった。本棚にはコミック本が数冊とミステリー小説。どれもベストセラーとなった書籍ばかりで、本人の嗜好《しこう》は窺えない。小口がすっかり退色した求人雑誌が哀れを誘う。外出の機会がないためか、衣装棚にはふた組のジャージとキャラクターもののTシャツがあるのみだ。

おそらくは子ども時分に与えてもらったであろう学習机が今も健在だった。机の上には薄型テレビとゲーム機器が並んでいる。

「おっそろしく個性のない部屋ですね」

緑川が呆《あき》れた口調でこぼしたが、成島も同じ意見だった。少なくとも部屋の様子から主《あるじ》の異常性を見出《みいだ》すのは難しい。

だが一方、成島は落胆もしていない。最新の鑑識からの報告によれば、笹清から押収したスマートフォンのロック解除に成功したらしい。部屋から人となりが窺えなくとも、スマートフォンからは無尽蔵の個人情報が暴き出せる。その中に駅前襲撃に関するものが期待できるだろう。

笹清の同居家族は父親の勝信《かつのぶ》だけだった。家宅捜索を受けても勝信は憤《いきどお》りも嘆きもしない。悄然《しょうぜん》と項垂《うなだ》れてひたすら謝罪の意を示している。放心気味の表情は笹清にそっくりだ。

「この度は政市が迷惑をかけちまって」

勝信は頭の天辺が見えるほど低頭する。笹清の供述調書を作成した直後、勝信には息子が逮捕勾留されている旨を伝えてある。電話口で絶句していた勝信は、この二日間をどんな気持ちで過ごしたのか。多くの加害者家族を見てきた成島には大方の見当がついている。

「お部屋を荒らして申し訳ありません。事件に関係があると判断された物以外は早急に返却しますので」

「全部持っていってもらっても構わんし。いや、いっそ返してもらわなくてもいい。どうせ、あいつは二度と帰ってこん」

七人もの人間を殺害したのだから極刑は免れない。何かの拍子に責任能力の欠如が認められたとしても、一生医療刑務所の虜《とりこ》にされるだろう。いや、そうでなくてはならない。

「どんな息子さんですか」

「それを訊《き》いて何か変わるんけ」

低姿勢ながら勝信の口調はわずかに挑発めく。

「政市が親孝行なら罪が軽くなるんけ」

「あまり苛《いじ》めんでください」

「何で俺が刑事さんを苛めるんよ。息子に手錠掛けられたんや。そっちが苛める立場やないけ」

「日頃の息子さんの行状が裁判官の心証に影響する可能性はゼロじゃありません」

「行状なあ」

　勝信は息継ぎのように深く嘆息する。

「行状っても五年も前から部屋に閉じ籠りっきりや。行状もクソもあるかい。外出するにしても週に一度、家とコンビニを往復するだけで誰と話をする訳じゃなし」

「お父さん以外と交流はなかったのですか」

「俺とも碌《ろく》に話なんかするかい。元々アレは母親にべったりでよ。学生の時分から俺とはあまり話さんかった」

「息子さんの免許証を見ると最新の交付日は二年前の十二月になっていました」

「いくら出不精だからって免許の更新くらいはするさ。今日び免許がなきゃ就職に差し支える」

「本人は五年前から部屋に引き籠っていたんですよね」

「求人雑誌も読まなくなって、就職活動しなくなっても、ひょっとしたらって甘い考えを断ち切れない。刑事さんはそういうことがないけ」

　自分から積極的に就職活動する気力は萎えたものの、一縷《いちる》の望みをかけて免許の更新だけはしていた。

　気の滅入る話だが、今回は滅入るだけでは済まされない。もし笹清が更新しなければ免許は失効し、レンタカーを借りることもできなかったのだ。

「息子さんは九日の夕方からレンタカーを借りています。いったんは家に戻ったんですか」

「クルマを借りたのも家に戻ったのも知らねえ」

聞けば勝信は十二年前に長年勤めたレンズ製造工場を定年退職した後、清掃会社に再就職したという。帰宅はいつも午後七時過ぎで、食事は別々に摂《と》るため笹清と顔を合わせる機会もないらしい。

「とにかく部屋に籠りっきりやから、居ても居なくても分からん」

「でもレンタカーを借りているんですよ」

「いくら何でも家の前に横づけされてたら分かる。クルマはなかった。大方、近所の路上にでも停《と》めてたんやろ。この辺りは住民が平気で路駐するしな」

レンタカー会社の営業所に問い合わせたところ、九日に訪れた際、笹清はシャツにジーンズ姿だったと言う。凶器の持ち込みや着替えの手間を考えれば、いったん帰宅してから準備を整えたと考えるのが妥当だった。現に本人もそう供述している。

「ここ数日、息子さんの様子に変化はなかったですか」

「刑事さん、耳が聞こえんのけ。アレとは碌に顔も合わさんと言うたやろ。会いもせんのに様子が変かどうか分かるもんか」

取り付く島もないとはこのことだ。だが事件を担当する捜査員として、最低限の忠告はしておくべきだろう。

「息子さんの氏名と居住区、そして顔写真が公表されています。かなりの確率でお宅にも誹謗《ひぼう》中傷が向けられる惧《おそ》れがあります。もし重大な迷惑行為を受けた場合は、最寄りの交番に届け出てください」

「ああ、そんなのは構わん構わん」

勝信は片手をひらひらと振ってみせる。その仕草も笹清そっくりだった。

「七人も殺したんやろ。しかもその内の四人はひ弱な女子供ときた。世間様が怒るのはもっともやし、父親の俺がとばっちりを食うのも仕方ない」

ずいぶん殊勝な心構えだと思ったが、次の言葉で撤回した。

「ただまあ、やられっぱなしで済ますつもりもないけどな」


家宅捜索を終えて捜査本部に戻ると、鑑識からの報告が待っていた。笹清が所持していたスマートフォンの中身について、ほぼ分析が終了したという。

「ナイフの専門店はネットで検索したようですね。きっちりと履歴に残っていました」

分析を担当した鑑識係は至極事務的な口調で喋り続ける。

「最近の検索はナイフ関係だけですか」

「他には無料マンガのサイトとお馴染《なじ》みエロサイトを行ったり来たり。ただし最新二十件のうち五件に気になるものがあります」

鑑識係が提示した報告書には次の情報サイトが羅列してあった。
・岸和田駅のラッシュ時の状況。
・就職超氷河期時代を過ごした者たちの証言。
・人体の急所。
・サバイバルナイフの扱い方。
・刑法第三十九条の是非について。

「えらくストレートな検索内容ですね」

肩越しに報告書を眺めていた緑川が半ば呆れたように呟《つぶや》く。

「笹清も分析されるとは考えてなかったろうし、よしんば考えていたとしても犯行の後で露見しても構わないと思ったんだろ。いずれにしても、これは笹清の犯行動機を裏付ける証拠となり得る」

「これ以上証拠がなくたって検察側有利は微動だにしませんけどね」

緑川の指摘はもっともで反論の余地はない。調べれば調べるほど、笹清の首に掛けられた首綱が絞まっていくようだった。

ただ、気になることがあった。

ネットのごく一部から、笹清を擁護する声が出始めたのだ。

『笹清政市は時代の被害者だ。もし就職超氷河期さえなかったら、こいつが凶行に走ることもなかった。加害者は新規採用を渋った大企業じゃないのか』

『笹清と同じ境遇の人間は大勢いる。この国の非正規社員は全員そうだぞ』

『七人殺害は確かにやり過ぎだ。でも笹清の気持ちも痛いほど分かる』

『盗人にも三分の理。殺人なら八分の理』

悪名高き巨大匿名掲示板をはじめとして、ニュースサイトのコメント欄にもぽつりぽつりと昏《くら》い情念が浮かび上がってきた。さすがに被害者たちを揶揄《やゆ》する書き込みはなかったものの、今まで笹清非難一色だった大勢に逆行するように湧いてきたのだ。

笹清擁護は反社会的だとしてすぐに反論されるが、彼らもやり返す。

重大事件の犯人の親を責めるのであれば、そうした罪人を生んだ社会も責められるべきではないのか。

そもそも問題の本質は格差社会にあるのではないか。

論点が自己責任論と社会保障制度の問題にすり替わる局面もあり、笹清と同様、世の中を恨んでいる者がまだまだ潜んでいることが如実になった恰好《かっこう》だった。

十二日、笹清政市の身柄が大阪地検に送致されることがマスコミ各社から報道された。物的証拠の数々も本人が自白していることも明らかになっており、笹清の送検は事件の終わりの始まりを告げるものと受け取る者がほとんどだった。

だが間違いだった。

笹清の送検は第一幕の終わりに過ぎず、人々はすぐに第二幕が上がるのを知ることとなる。

第二幕の開幕ベルは爆発音だった。

3

四月十四日、午前十一時三十五分。大阪地方検察庁事務局総務課。

そろそろ昼食に出掛ける者が出始め、フロア内の職員が半分ほどに減る。課長を務める仁科睦美《にしなむつみ》は全体の作業の進捗状況を見ながら人の出入りをチェックしていく。

昨今、民間では作業の見える化と称して部下が使用中のパソコンを閲覧できるシステムが導入されているという。確かに作業状況を逐一把握できるのは管理職側として便利だが、だからといって自分の課に導入してほしいとは思わない。管理される職員にしてみれば四六時中監視されているようで落ち着かないだろうし、それで作業効率が飛躍的に向上するとも思えない。そもそも仁科自身、監視されてモチベーションが上がるタイプではなく、自分がされて嫌なことは他人にも強制したくないと考えている。

職員が半分ほどになると、さすがにフロアは閑散とする。一つ向こうのシマでは前田《まえだ》の許《もと》に午前中の郵送物が台車ごと届けられていた。箱にぎっしり詰まった郵送物をそれぞれの課に振り分けるのは総務課の仕事だ。単純作業なので週替わりにしており、今週は前田の担当になっている。

前田は郵送物の山を眺めて憂鬱な顔を隠そうともしない。普段であれば不満を顔に出すなと注意したいところだが、ここ二日間は宜《むべ》なるかなとも思える。何しろ郵送物の半分近くが岸和田駅通り魔事件に関するものだからだ。

捜査資料の追加分に医大法医学教室からの解剖報告書と、被害者が七人にも及ぶので文書の量も並外れて多い。そればかりか被害者遺族や一般市民からの手紙も含まれている。

事務官をはじめとした職員の仕事は主に後方支援だが、だからと言って個々の事件に無関心な訳ではない。岸和田駅の事件は管区内では近年稀《まれ》に見る重大事件であり、且《か》つ犯行態様が残虐なので心を痛めている職員は決して少なくない。

被害者遺族からの郵送物は差出人の氏名と住所の他、宛先が手書きなのですぐ見当がつく。開封せずとも内容も見当がつく。笹清を是が非でも起訴し、法廷で犯人笹清政市の罪を追及してくれという内容だ。また被害者遺族でなければ一般市民からの叱咤《しった》激励がほとんどだ。義憤や正義感に駆られる市民なら数えきれないほどいるが、この事案に関しては憤怒を手紙に認《したた》める者も少なくないのだ。もちろん郵送物だけではなく、笹清の身柄が大阪地検に送致されるのが報道された一昨日から、地検の公式ホームページに設定している〈ご意見・ご要望について〉には既に二千通以上の書き込みが為《な》されている。仁科もちらりと覗《のぞ》いてみたが、剝《む》き出しの感情がそのまま文章になっており、五通も読めば胸焼けしそうだった。

だがホームページへの書き込みよりも、やはり手書きの文書の方が凄《すご》みがある。封筒から怨嗟《えんさ》が漂ってくるのだ。そういう手紙をいちいち分別している前田の心中を推《お》し量ると同情を禁じ得ない。元より前田は繊細な男で、他人の悪意に中《あ》てられる傾向がある。上司としては傍観している訳にもいかない。

思い立った仁科は前田の席に近づいた。

「元気してるか、前田くん」

「課長」

「ちょっと手ェ、止まってたん違う」

「あ、すいません、すいません」

「まあ当然やと思うわ。昨日から急に郵送物増えたからね。手に余るようなら助っ人送ろうか」

「いえ」

前田は小刻みに首を振ってみせる。

「今週の担当は僕ですんで。応援は有難いんですけど」

「しんどかったら他人を頼らんとあかんよ。仕事は前田くんのもんやない。総務課のもんやからな。君が無理してパフォーマンスを落としたら総務課全体が迷惑するんやから」

「はあ、すいません」

「分別は大変やと思うよ。表書きの肉筆見ただけで怨念が漂ってるからねえ」

「地検に届く文書の九割以上はタックシールか印刷ですからね。たまに手書き文字を見ると、ちょっと不気味になります」

「それは大袈裟《おおげさ》やろ」

「今度の案件に限って、どんだけ言うても大袈裟にはなりませんよ。課長はネットの巨大掲示板とかご覧になってますか」

「暇で暇でしょうがない時には」

「ひどいもんです」

「そりゃあ女や八歳の子どもまで手にかけてるからなあ」

大阪は人情の街と言われる。地元民の仁科もそれは否定しないが、人情に厚いということは別の言い方をすれば義憤の仕方も半端ではないという意味だ。

「岸和田は府下でも濃いめのとこやしね」

「いや、犯人憎しだけならしゃあないと思うんですよ。クルマで三人轢いた後は明らかに自分より弱い人間狙って襲ってますからね。市民が怒り狂うのも当然です。僕がひどい思うんは笹清を弁護する人間の言い分です」

「ああ、笹清はロストジェネレーションの代弁者とかいうアレか」

「笹清が大阪地検に送致されるのが報道されてから、そういう声が日増しに大きくなった気がします。本来の管轄である岸和田支部から大阪地検に替わったんは、検察延《ひ》いては国が笹清を徹底的に断罪して見せしめにするつもりなんやろうって」

「見せしめなあ。そんなん大阪地検でも岸和田支部でも起訴する内容も求刑する罪科も一緒なのに。大阪地検に強面《こわもて》なイメージでもあるんかな」

「笹清が死刑判決を受けたら名誉の戦死みたいなもんや、他の同志も彼に続けって。笹清をヒーローか何かと勘違いしてるんです。あんなのただのテロリストなのに」

「それはテロリストに失礼や」

仁科は前田の隣に座り、箱の中身を分別し始めた。それを見た前田が恐縮して手を動かす。

「どんな悪辣《あくらつ》なテロリストにも一片の理念はあるやろ。笹清にそんな大層なものはないよ。あの男は世を拗《す》ねて、承認欲求を一番タチの悪いかたちで拗《こじ》らせたチンピラや。髭を生やした中学生かもな。あ、これは中学生に失礼か」

いくら運や環境に恵まれないからと言って、何の関係もない者に当たり散らすのは幼児と同じだ。幼児がぐずるのはまだ可愛《かわい》げがあるが、成人が同じことをすれば唯々《ただただ》醜悪なだけだ。

「ネットには恥知らずなコト書きよる人間が仰山《ぎょうさん》おるから、眺めてたらそら気分も悪くなるよ。せやけどな、前田くん。ネットでぐちぐち文句垂れるヤツは全体の五パーセントに過ぎんちゅう話もある。たった五パーセントの愚痴に振り回されるのは馬鹿らしいよ」

「それはそうなんでしょうけど」

「まだ総務課はましな方やと思わへん？　刑事部や公判部の事務官はこの手紙の中身を読んで、いちいち記録せんとあかん。毒食らうんと一緒や。しかも腹に溜《た》まるし解毒剤もない。そういうの抱えながら仕事するんやから、まあ気の毒っちゃ気の毒」

「そうですよねえ」

前田は手を動かしながら応える。仁科と話したことで気が紛れたのか、さっきよりもてきぱきと郵送物を捌いている。

「人の悪意やら悲劇に直接触れてるんですものねえ」

「罪の重さを量ることや情状酌量は裁判所の仕事。検察庁の仕事は起訴して罪を問うこと。そう割り切れば雑音も気にならなくなるんじゃないのかな」

「課長のは割り切りじゃなくて、ぶった斬りなんですよ。この間も呑み会の席で、事務官の仕事は斬首に使う刀をひたすら研《と》ぐこっちゃーって大声で」

「あれは無礼講で」

「上司が率先して無礼講っておかしいですよ」

軽口が叩《たた》けるようならひと安心だ。仁科は分別の手を止めて席を立つ。

「上司おちょくる余裕あるんやったら応援は要《い》らんな」

「課長お」

「前田くん、あと三十分で休憩やろ。それまで気張り」

仁科が踵《きびす》を返した次の瞬間だった。

何の前触れもなく、耳をつんざく轟音《ごうおん》とともに背後の空気が破裂した。

背中に熱を感知した時には、仁科の身体は前方に吹き飛ばされていた。

何が起こった。

考える間もなく床に激突し、キナ臭さが鼻腔《びこう》内に充満する。不意に視界が真っ暗になり、聴覚も麻痺《まひ》した。

痛みは少し遅れてやってきた。甦《よみがえ》った聴覚が床に投げ出される備品の音を拾う。

顔を上げると、白煙の中に紙片が舞っていた。明らかにそうと分かる火薬の臭いが鼻を突く。

何が起こった。

恐る恐る振り返ると、前田が椅子ごと吹き飛ばされている。白煙は彼を中心に広がっているようだ。火薬の臭いに血の臭いが混じり、仁科は嘔気に襲われる。

何が起こった。

前田は両腕の先を赤く染めていた。出血の度合いが大きく、指が十本揃っているのかも判然としない。

前田以外の職員も例外なく床に伏していた。だが一番深刻な怪我《けが》を負っているのは前田だろう。

「誰か来て」

仁科が声を上げるのとほぼ同時に火災報知器のベルがけたたましく鳴り響いた。お蔭《かげ》で助けを呼ぶ声は掻《か》き消されてしまった。スプリンクラーが作動し、天井からシャワーが降り注《そそ》ぐ。仁科はあっという間にずぶ濡《ぬ》れになる。

前田に触れようとした手が途中で止まる。この状況下で無闇に負傷者を動かして問題はないのか。

「誰かあっ、早くっ」

火災報知器が反応したものの、ちろちろと端の燃える紙片が落ちているだけで火の手が上がっているというほどではない。しかし破壊の跡は歴然としている。デスクの上の書類は全て燃えるか宙に舞っており、プラスチック製のキャビネットは四散している。官給品のパソコンはスクリーンが割れ、キーの半分が飛んでいる。

白煙を払うと前田の様子が更に克明となる。顔面が血塗れで前髪はちりちりに焦げている。ここに至って、仁科はようやく爆発物が存在していた可能性に思い至る。

「前田くん。前田くん」

仁科がどれだけ名前を呼んでも目蓋《まぶた》を開こうとしない。

冗談ではない。

どうして前田のような真面目な職員が悲劇に巻き込まれなければならないのか。

「救急車。救急車、早よう呼んでっ」

仁科の声が届き、職員の一人がシマを越えて飛んできた。ところが彼は前田に駆け寄る前に、仁科の手を取った。

「な、何なん」

「課長、すぐにフロアから出ましょう」

「前田くんが」

「今、救急車を呼びました。わたしたちが前田くんを運び出しますから、課長も早く応急手当を」

「何でわたしが」

「自分で気づいてないんですか。課長もえらい怪我してるんですよ」

言われてみれば背中が妙に熱い。手を回してみるとシャツが裂け、剝き出しになった肌が爛《ただ》れている。

その途端に激痛が襲ってきた。

自分も爆発に巻き込まれた一人だったのか。

背中に大怪我を負っているらしいが自分では確認できない。ただ首の後ろから髪の焦げた臭いがする。フロアのどこかに鏡が置いてなかったかと考えているうちに思考が乱れ、ほどなくして仁科は意識を失った。

＊

爆発音を耳にした時、事務官の惣領《そうりよう》美晴《みはる》は部屋に届けられた捜査資料の照合作業をしている最中だった。

建物全体を揺るがすような振動ではなかったが、それでも刑事部のあるフロアに響いていた音はただならぬ気配を纏《まと》っていた。数秒後、火災報知器のベルが鳴り始める。

『建物の中から避難してください。建物の中から避難してください』

沈着な合成音声が却《かえ》って緊張感を誘発させる。美晴は目についた捜査資料を箱の中に放り込んでから、部屋を飛び出した。

非常アナウンスは廊下にも流れ、他の部屋からも検察官や事務官が血相を変えて出てきた。それでもエレベーターに殺到するような愚は冒《おか》さず、順序良く非常階段に並ぶのはさすがだった。

非常階段を使用するのは初めてだったが、頭の中は恐慌状態だったので物珍しさを感じる間もない。一刻も早く庁舎から出ることで頭が一杯だった。

ようやく一階まで辿《たど》り着き、庁舎の外に出る。見たところどこからも火や煙は上がっていないが、微《かす》かに火薬のような臭いがする。

ところが外は庁舎内部よりも騒然としていた。消防車両が三台と警察車両が二台、他にはＡＢＣ朝日放送の中継車がずらりと並んでいる。そう言えば合同庁舎の敷地には朝日放送テレビの本社が隣接している。

庁舎の正面ドアからは怪我人らしき職員を乗せた担架が次々に搬出されてくる。応急処置で包帯を巻かれている者、シャツをところどころ破いている者、担架に乗せられるほどの怪我ではないが救急隊員に肩を借りて出てくる者。

「一階で爆発したらしい」

「ガスに引火でもしたんか」

「ガスのある給湯室は無事だったらしい」

「じゃあテロかよ。そうでもなけりゃ、建物の中で爆発なんて起こらんやろ」

逃げ果せた職員たちの会話を聞くともなしに聞いていると、気になる言葉が耳に入ってきた。

「爆発の中心は総務課だって話や」

総務課には顔馴染みの仁科課長がいる。他課の上司でありながら何かと美晴に目をかけてくれ、休憩時間には話し掛けてくれる。自他ともに認める地獄耳で、事によると大阪地検の情報は全て彼女が管理しているのではないかと疑いたくなるほどだった。

美晴の目は仁科の姿を探し始める。アスファルトの上に座り込んでいる者や呆然《ぼうぜん》と立ち尽くしている者の中に彼女の姿はない。もしやという疑念が急速に美晴の不安を刺激し始める。

堪らず、話をしていた職員たちの間に割り込む。

「すみません。仁科課長は無事なんですか」

職員たちは顔を見合わせ、自信なげに首を横に振る。

「見てへん」

「俺も見てへん」

ざわざわと不安が背中を這い上った時、今まさに運び出された担架の上に仁科の姿があった。

「仁科課長っ」

周囲の制止を振り切って担架に駆け寄る。怪我を負ったのは背中らしく、伏臥位《ふくがい》のまま仁科は顔をこちらに向けている。

「怪我人に触れないでください」

救急隊員の鋭い声に足が止まる。

「仁科か……この人の怪我はひどいんですか」

「気を失っていますが、さほどの外傷には見えません。しかし外傷だけで即断はできません」

「あの、被害者は多いんですか」

「申し訳ありませんが、自分も把握していません」

「そうですか。仁科課長をよろしくお願いします」

頭は自然に下がっていた。仁科を収容した救急車はサイレンを鳴らしながら敷地から出ていく。

その光景を朝日放送のカメラが捉《とら》えていた。

二時間後、発火や誘爆の危険性は認められないとして庁舎への出入りが許可された。ただし爆発の中心となった一階フロアは大阪府警本部と福島《ふくしま》署の捜査員、そして消防署員が入り込み、彼ら以外は立入禁止区域とされた。

地検上層部からは依然正式な発表が為されていない。おそらく搬送先の病院や調査に当たった消防署から詳細な情報を集めている最中と思われた。

ただし発表を待たず、地検内には確定及び未確認の情報が飛び交っていた。その中で比較的信用できる情報を集めると、次第に事件の概要が摑《つか》めてきた。

まず爆発の現場が総務課フロアであったのは間違いない。ちょうど昼食の時間で職員の半分が外出していたのが幸いし、被害者は最小限に留《とど》まった。緊急搬送された六人の職員の内訳は重傷者一名、軽傷者五名。仁科は背中に軽い火傷《やけど》を負っただけらしい。

深刻なのはただ一人の重傷者となった前田事務官だった。両手とも何本か指が吹き飛び、顔面にも結構な怪我を負ったらしい。命に別条がなかったのは不幸中の幸いだった。

爆発物については郵送物の中に紛《まぎ》れ込んでいたというのが衆目の一致した見方だった。郵送物の分別担当だった前田のみが重傷を負った理由もそれで納得できる。

最大の謎は誰が何の目的で爆発物を送ってきたかだった。タイミングを考えれば、岸和田駅通り魔事件に何らかの関連があるとしか思えない。だが件《くだん》の郵送物を検《あらた》めた前田は意識不明の状態なので真偽を確かめる術《すべ》もない。

翌日になって軽傷者が無事に退院してきたのとときを同じくして、事務局長から全職員に対して事件の説明が為された。

『府警本部の鑑識課および科捜研が捜査・分析した結果、昨日地検宛てに送付された郵送物の中に爆弾が仕掛けられていた可能性が高い。爆発物の種類と使用された火薬は現在も分析が進んでいますが、採取された部品の残骸から携帯端末を利用したものではないかとの見方が浮上しています』

『被害者は重傷者一、軽傷者五の合計六名。軽傷者については本日退院、重傷者は生命に別条ないものの、重篤な怪我であり全治数週間と聞いています』

『当庁を爆破の標的に選んだ目的は現在不明。郵送物を送りつけた犯人を特定すべく府警本部が捜査を開始しました。当庁の全職員においては外部の雑音に惑わされることなく業務に注力してください。なお、承知しているとは思いますが、事件についての発表は全て検察広報官が窓口になります。庁舎外でマスコミ各社からマイクを向けられるかもしれませんが、一律ノーコメントで通してください。事務局からは以上です』

事務局長からの説明は全職員への一斉メールというかたちで発信された。一方的な発信であれば質問に答える手間もなく、中途半端な説明であっても済ませられる。

昼休憩の際、喫煙コーナーに足を運ぶと案の定、仁科がいた。包帯や絆創膏《ばんそうこう》の類はしていないが、髪が短くなっていた。きっと焦げた部分からばっさり切ったのだろう。

「もういいんですか、こんなところに来て」

「元々へビースモーカーやし」

「ここ、煙の臭いが染み付いてますよ」

「ああ、火薬の臭いを思い出すんやないかって？　大丈夫大丈夫。そんなんいちいち気にしてたら余計トラウマになるわ」

「災難でした」

「それは前田くんに言うてちょうだい」

仁科は生来の快活さの中にも口惜しさを滲《にじ》ませる。

「顔の裂傷もひどいけど、それより深刻なんは手。右手は五本とも、左手は人差し指と中指を欠損した。現場で吹き飛ばされた指は発見できんかって修復は事実上不可能。事務方にとっては致命傷。本人は深夜になって意識を取り戻したけど、第二関節から欠落した指を見て大泣きしたそうや。それも府警の刑事の目の前で」

「もう事情聴取に行ったんですか」

「大阪地検の庁舎内で起きた爆破事件やからね。府警本部もお尻に火ィ点《つ》いたようなもんでしょ。早期解決せんと世間やマスコミから集中砲火浴びるだけやない。警察庁からも有形無形のプレッシャー掛かるやろ。必死よ」

「前田さん、差出人とか憶《おぼ》えてますかね」

「郵送物自体は破片やら残骸やらを集めて復元作業してるみたいやけど、本人の記憶となるとどうかな。爆発の直前までわたしと話しとったから差出人までチェックしてたかどうか」

「仁科課長、至近距離にいたんですか」

「背中向けてたんが幸いして後ろ髪焦がすだけで済んだ。せやけど前田くんは……」

不意に言葉が途切れ、仁科は俯《うつむ》き加減になる。美晴は慰める言葉もなかった。

「庁舎爆破が笹清容疑者送検のタイミングとぴったり合っているという見方をする人がいます」

「関係あるかもしれんし、ないかもしれん。ただね、惣領さん。笹清が鬼畜《きちく》なら今回の犯人は外道《げどう》や。そして大阪地検は鬼畜も外道も許さへん」

仁科は珍しく昏い目をしていた。

「普段、地検内では功名争いやら足の引っ張り合いに余念のない検察官が少なくないけど、こういう時は別や。笹清も爆弾の犯人もまとめて起訴してくれる」

そして意味ありげな視線を向けてきた。

「わたしとしては両方の事件とも不破《ふわ》検事に担当してほしいと思うてる」

不破は美晴のついている検事で、仁科はその能力を極めて高く評価している。

「不破さんやったら、きっと前田くんの仇を討ってくれる。そう信じてるのは、わたしだけやないよ」


地検職員向けの事情説明の数時間後、今度はマスコミ向けの記者発表が為された。美晴は自身のスマートフォンで中継を見ていたが、驚いたことに会見場に姿を現したのは検察広報官ではなく、榊宗春《さかきむねはる》次席検事だった。

『四月十四日、午前十一時四十五分、大阪中之島《なかのしま》合同庁舎内において郵送物が爆発する事件が発生しました。重軽傷者多数、フロア内の備品の多くが爆破で使用不能となりました』

間断なく焚《た》かれるフラッシュが榊の顔を浮かび上がらせる。さぞ眩《まぶ》しいだろうと想像するが、榊は瞬《まばた》き一つしない。

『また事件発生の翌日、つまり本日正午、大阪地検と在阪テレビ局五社ならびにNHK大阪放送局のホームページに犯行声明と思しき文言が書き込まれました。いずれの文言も同一の内容であり、且つ内容が爆発物の詳細に言及しているところから、大阪府警本部と協力しながら捜査を進めている最中であります』

初耳だった。

爆弾の詳細とは、取りも直さず構造や使用火薬についての内容だろう。自他ともに慎重《しんちょう》居士《こじ》で鳴る榊がここまで言及するからには、相応の確定事項があってのことに違いない。

『爆発物は大阪地検宛てに届けられたことから、犯人は大阪地検を狙ったものと考えられます。ご承知の通り、検察庁の使命は厳正公平・不偏不党を旨とし、事案の真相を明らかにし、刑罰法令を適正且つ迅速に適用することにあり、我が国の司法制度の要となる機関であります。検察庁なくして社会秩序の維持、安全安心な社会の実現はなりません。言葉を換えれば、検察庁へのテロ行為は社会秩序そのものへの反旗と見做《みな》されます』

榊の口調は紋切り型だが、言葉の端々に制御しきれない怒りが顔を覗かせる。テレビカメラの前だというのに、榊には珍しい感情の発露だった。

『大阪地検は鬼畜も外道も許さへん』

仁科の言葉が不意に甦る。計算高く、部下や他の検察官を道具としか考えていないような榊でさえ、今回の事件は腹に据えかねているのだ。

『今後も本事案につきましては、大阪地検と大阪府警本部は協力体制を採りながら捜査を進めてまいります。市民の皆様の安全には万全の注意を払いますので、捜査へのご協力をお願いする次第です』

軽く下げた頭を上げた時、榊の目は昏く燃えていた。喫煙コーナーで仁科が見せた目とひどく似ていた。

これは宣戦布告だ。

そう考えると、検事正が検察広報官の代わりに榊を会見場に送った真の理由が理解できた。大阪地検は検事正から事務官に至るまで総力を挙げて爆弾犯を追うつもりなのだ。

思わず鳥肌が立った。

恐怖もあるが、それ以上に犯人が憎い。どんな動機かは知らないが、職員を無差別に狙うというのなら、やっていることは笹清と同じではないか。

榊の会見が終わるとカメラはスタジオに切り替わった。

『大阪地検会議室より榊宗春次席検事の会見でした。今の次席検事の話にもありましたが、本日正午、大阪地検と在阪テレビ局五社ならびにNHK大阪放送局のホームページに犯行声明と思しき文言が書き込まれました。各放送局は捜査協力のため書き込みの内容を地検に提供し、その結果いずれもが同一人名義による同一内容の文章であることが判明しました。内容は以下の通りです』

キャスターの紹介の後に、局のホームページの拡大図が映される。当該の書き込み部分だけが白く浮き上がり、キャスターの声が被さる。

『勾留中の笹清政市を直ちに釈放せよ。さもなければ大阪地方検察庁への粛清は尚も続く。〈ロスト・ルサンチマン〉』

書き込みの文言には続きがあるが、モザイク処理で判読不能になっている。

『犯行声明の後、投稿者は爆弾の製造方法と使用した材料および火薬の一切を公開しています。犯人の署名代わりという趣旨かと思われますが、内容の精査については大阪府警の捜査本部が行っている最中です』

『笹清容疑者に仲間がいたということでしょうか。文面からはまるでテロリストのような雰囲気が窺えるのですが』

『〈ロスト・ルサンチマン〉というのはロストジェネレーションとルサンチマンの合成なのでしょうか、何だか意味ありげな名前ですね』

『爆破事件で死者が出なかったのがせめてもの救いですが、この犯行声明が本物だったとしたら事件はまだまだ続くことが予想されます。いずれにしても早期解決が望まれますね』

選《よ》りに選って笹清の釈放とは。ニュースキャスターの言葉ではないが、要求内容はテロリストそのものだ。

胸の奥底に熾《おこ》っていた種火が焔《ほのお》になる。

自覚しているが、自分は向上心が強い一方で帰属意識が希薄な傾向にある。副検事の座を狙う一方で、大阪地検に対する忠誠心がどれだけあるのか自分でも分からなかった。

だが今回の事件でようやく思い知った。

自分は大阪地検の一部分なのだ。今なら前田の無念も仁科の憤怒も我がことのように捉えられる。

美晴はまだ見ぬ〈ロスト・ルサンチマン〉に対して憎悪の炎を燃やす。

4

翌十六日、美晴は執務室で不破と一緒にいた。

不破俊太郎《しゅんたろう》一級検事。日頃から表情を全く見せないことから〈能面〉との、あまり有難くない綽名《あだな》で呼ばれている。同僚には煙たがられているが、言い換えれば彼らから一目置かれる存在でもある。

庁舎内爆破事件から二日目、地検では犯人像と思想背景について様々な憶測が飛び交っていた。そもそも司法機関に爆発物を郵送する手口がテロリストの手段を連想させるので思想背景について疑いが持たれるのは自然な流れだった。

曰く、笹清と〈ロスト・ルサンチマン〉はテロリスト仲間であり、背後には極左暴力集団の存在が疑われる。

曰く、二人は単なる共犯者であり、笹清は実行犯、〈ロスト・ルサンチマン〉は立案者ではないのか。

曰く、二人には全く面識がなく、〈ロスト・ルサンチマン〉は笹清の事件に便乗しているだけではないのか。

いずれにしても犯行声明によって大阪地検内の雰囲気ががらりと変わったのは確かであり、各フロアには通常よりも厳重な警備が敷かれた。

かつてない厳戒態勢の中、しかし不破はいつもの通り無表情で捜査資料を読み込んでいる。表情に変化がないので、不破が今回の爆破事件について何を思っているのかは想像もできなかった。

「不破検事も、今回の事件はテロリストの仕業と考えているんですか」

何気なく話を振ったつもりだったが、不破は表情筋どころか視線も動かさない。

「検事」

不破が目を通しているのは鶴見《つるみ》区の窃盗事件の資料だ。庁舎爆破事件と比較するのがお門違いであるのは承知しているが、周囲とのちぐはぐさが否めない。

「検事」

三度目の問い掛けに、ようやく視線だけが動く。

「テロリスト云々はまだ憶測の域を出ない」犯行声明は知っているが、内容から集団的な犯行を決定づけるものはない。

「じゃあ、笹清の事件とは無関係だというんですか」

「担当している事件じゃない」

まるで美晴が野次馬根性と好奇心で喋っているような物言いに引っ掛かった。

「大阪地検が狙い撃ちされたんですよ」

「当時、わたしも庁舎の中にいたから知っている」

「まるで他人事《ひとごと》みたいな言い方ですね。地検と大阪府警の合同捜査になるんですよ」

つい非難めいた物言いになってしまった。言い直そうと思ったが、その前に返事があった。

「本来は他人事であるべきだ」

「どういう意味ですか」

「被害を受けたのが大阪地検なら、捜査は他の支部に任せた方がいい」

「当事者ですよ」

「当事者だからだ。被害者本人が犯罪捜査すると考えたら、こんな危険なことはない。感情が先に立ちやすいから客観的な見方ができなくなる。面子《メンツ》もあるから一度間違った方向で捜査を始めると軌道修正が難しくなる。法で規定された以上の刑罰を犯人に求める。規範が蔑ろにされがちになる。何一つ碌なことがない」

指摘されてみればその通りだ。美晴はぐうの音も出ない。

「仁科課長は昨日退院した」

「知っています。わたし、直接会いましたから」

「重傷を負った前田事務官は直属の部下だから、仁科課長は激怒しているはずだ」

「していました」

「同族意識が強い組織の中にあって、怒りや憤りは容易に伝播《でんぱ》する。君の態度を見ていると、それがよく分かる。苛立ちが顔に出ているし、通常よりも作業効率が落ちている。注意散漫になっているから同じ文書を何度も見返しているし、照合に時間がかかっている」

資料読みに没頭しているものとばかり思っていたが、まさかそんな部分に目を配っていたのか。

美晴は急に気恥ずかしさを覚える。

「感情的になればなるほど理性的判断ができなくなる。それは個人も組織も同じだ」

「仰《おつしや》ることは分かりますが」

「抗弁する段階で、既に感情的になっている」

「仲間があんな目に遭っても黙っていろと言うんですか」

「仲間だと思うから目が曇る」

「誰もが不破検事のようにはなれません」

温度を感じさせない目が美晴を一瞥《いちべつ》する。だからお前たちは失敗すると言われているようだった。

もちろん不破にも感情はある。始終身の周りにいるから、さすがに美晴にも分かってきた。だが多くの人間が感情を吐露して精神の均衡を図るのに対し、不破は感情を別の何かに転換して捜査の原動力にしているようなのだ。真似《まね》しようとしても、なかなかできることではない。

「岸和田駅通り魔事件も庁舎の爆破も憎むべき犯罪です」

「君たちが憎んでいるのは犯人だ。犯罪ではない」

これもまた図星を指されているので反論の言葉が見つからない。躍起になって言葉を探していると、不破の卓上電話が鳴った。

「不破です。いえ、特にありません。では今から伺います」

電話応対はまるでプログラミングされたロボットのようだ。

「次席から呼ばれた。手が離せないようなら同席しなくていい」

電話の主が次席と聞いた途端に予感が走る。

昨日の今日だ。榊が直々に不破を呼びつけるとしたら、庁舎爆破事件と何らかの関連があると考えても不思議ではない。

「わたしも行きます」

他の検事は上席者に呼ばれた場合、単独で赴《おもむ》くことがもっぱらだ。だが不破は事務官を録音機の一種と考えているのか、それとも一蓮托生《いちれんたくしょう》と考えてくれているのか、可能な限り美晴を同行させようとする。今回ほど、その習慣を有難いと思ったことはない。

美晴は慌てて作業を中断した。

不破がドアをノックすると、部屋の中から「どうぞ」と不機嫌そうな声が返ってきた。

榊は椅子に深く座り、まだ午前中だというのに少し疲れた顔をしている。

「忙しいところを呼び出して申し訳ない」

「いえ」

「一昨日の事件、どこまで知っている」

「次席が会見で述べられた範囲までです」

「今朝がた科捜研が爆発物の分析結果を出してきた」

四散した爆発物は元々フロアにあった文書類や什器《じゅうき》備品の残骸に紛れていたはずだ。その中から特定の破片だけを集め、素性を確認するのに二日しかかからなかった計算になる。

「使用されたのはアンホ爆薬だ。過去の事件で扱ったことはあるか」

「ありません。しかし一般教養程度なら知っています。別名は硝安油剤《しょうあんゆざい》爆薬、硝酸アンモニウムに燃料油を配合し、工業雷管または電気雷管で起爆しないもの。原料が肥料と軽油で事足りるため、近年ではテロに使用される事例が多発しています」

「それが一般教養のレベルかはともかくとして正解だ。アンホ爆弾はオクラホマシティ連邦政府ビル爆破事件にも使用されていて、その威力は実証済みだ。今回はタイマーＩＣ５５５に大きめのコンデンサーとリレーが接続してあったらしい」

「時限爆弾でしたか」

「科捜研の報告によればタイマーはスマホでも遠隔操作できるらしい。タイマーは日本橋《にっぽんばし》辺りで普通に売っている。安価で簡便、その気になれば素人でも作れる」

肥料と軽油は至極ありふれた原料だ。タイマーやコンデンサーも然《しか》りで、話だけ聞いていると美晴にも自作できそうな気になってくる。

「部品はいずれも量産品なので、採取された残骸からエンドユーザーを絞り込むのはほぼ不可能だ」

そういう利点があるためにテロリストたちが武器として使用するのだろうと思った。

「件の犯行声明には、今述べた通りの部品とアンホ爆薬の成分までが事細かに説明されていた。タイマーやコンデンサーに至ってはメーカー名まで記載されていた。科捜研が特定した内容と完全に一致しているので、捜査本部は犯行声明の主が爆弾を送りつけた犯人と断定した」

「犯行声明のみならず爆弾の部品一つ一つにまで言及しているのは、相当に念が入ってますね」

「大阪府警ではサイバー犯罪対策課に犯行声明の発信元を探らせているが、複数の海外サーバを経由しているために特定は容易ではないそうだ」

地検やテレビ局のホームページに犯行声明を書き込もうというのだから、多少なりともリスクマネジメントを知っている者なら事前にその程度の工夫はするはずだ。つまりサイバー犯罪対策課が乗り出した時点で既に周回遅れになっている。捜査側が防犯体制を敷く頃には、犯人側が更に新しい技術を導入している。悲しいかな、ことネット関連の犯罪についてはいたちごっこにならざるを得ない。

「笹清政市については徹底的に背後関係を洗っているが、現在に至るまで共犯関係にありそうな人物は見つかっていない。最近だけではなく学生時分まで遡《さかのぼ》って調べる必要がある。大阪府警は岸和田駅通り魔事件の捜査本部を継続させた上、更に増員して地検爆破事件の捜査も併行させる方針だ」

小規模とはいえ、選りに選って地検を爆破されたのだ。大阪府警の面子は丸潰《まるつぶ》れであり、失地回復のために総力を結集させるであろうことは想像に難くない。その点では大阪地検と似たようなものだ。

「ただし大阪府警も一枚岩ではない。警備部の公安課が捜査本部とは別行動を取ろうとしているフシがある。爆弾犯が本物のテロリストだった場合、恰好の情報源になるからな」

「状況は理解しました。私をお呼びになった理由は何ですか」

榊はひときわ渋面になる。

「岸和田駅通り魔事件と地検爆破事件ともに、不破検事に捜査を担当してもらいたい」

背後に控えていた美晴は心の中で快哉《かいさい》を叫ぶ。

仁科の希望通りになった。これで間接的とはいえ、美晴が前田たちの仇を討つことになったのだ。

「尚、これはオフレコにしてほしいが捜査検事に君を推したのは迫田《さこた》検事正だ。実を言えばわたしは反対した。理由を聞きたいか」

「特には」

直属の上司に推薦拒否などされたら、普通は感情的になるか悄然とするかのどちらかだろう。だが榊を前にして不破は一切動じる様子がない。

「本件は大阪府警との合同捜査という形式を採るが、実際には捜査検事が府警の捜査本部に命令・指示、事によれば現場で陣頭指揮を執《と》る羽目になるかもしれない。異例といえば異例だが、地検爆破事件自体が空前絶後だから、頷けない話ではない。だが人選が問題だ」

榊は珍しく逡巡《しゅんじゅん》しているように見えた。

「もちろん不破検事の能力に疑念を持つ者はいない。捜査能力については十全に信頼が置ける。だが、足並みを揃える相手が大阪府警となれば話は違ってくる。何しろ君は未だに彼らから恨まれているからな」

美晴は頭から冷や水を掛けられた気がした。すっかり失念していた。二年前、大正区《たいしょう》で発生した殺人事件をきっかけに大阪府警のスキャンダルが発覚し、当時の府警本部長以下七十六名もの警察官が処分された。そのスキャンダルを暴いた張本人こそ不破だったのだ。

「柳谷《やなぎたに》前本部長は結局辞職に追い込まれた。本部長を慕《した》っていた人間は少なくなく、そのほとんどが現場に残っている。君が彼らの上に立って陣頭指揮を執るとなれば、現場の混乱か意図的なサボタージュが懸念される」

「いささか穿《うが》った見方のように思いますが」

「笹清については既に送検済み。地検爆破事件は重傷の被害者は一名だけだ。無論、事件解決には府警本部の面子がかかっているが、面子を重んじるのは看板に寄り掛かっている連中だけだ。不破検事に反感を持っている者なら面子を保つよりは君の顔に泥を塗る方を選ぶのではないか」

府警本部に勤める警察官が聞けば色をなして抗議しかねないような物言いだ。だが美晴は榊の不安を一笑に付すことができない。不破が府警本部に斬り込もうとした際、現場がどれだけ抵抗したか身をもって知っているからだ。既得権益や立場を護《まも》ろうとする時、ある種の人間は尊厳もプライドも投げ棄《す》てる。

「大阪府警には君の敵が多いことは、もちろん迫田検事正に説明した。しかしそれでも尚、捜査能力の高さから検事正は君を指名してきた。検事正は法務省と検察庁を行ったり来たりのお人だ。現場を知らずとも仕方がない」

事情を説明し終えると、榊は両手を祈るように組んだ。

「立場上、担当を命じた。しかし個々の事情があるから、明らかに無理筋な命令は拒否することもできる。返事を聞こう」

榊の顔からはわずかながら期待が見て取れる。

だが美晴はとうに結論を知っている。迫田が現場を知らないというのなら、榊は不破という人間を知らない。現場の思惑や過去の経緯を拒否の理由にするような人間なら、美晴も苦労しない。また、ついていこうとも思わない。

果たして不破は一瞬も躊躇《ちゅうちょ》しなかった。

「それが検察官の仕事であるなら、わたしに拒む権利はありません」

「そう言うと思った」

榊も返事を予想していたのか、諦めたように頬を緩ませた。

「必要なことは全て説明した。後は不破検事の裁量の範囲内で腕を振るってくれ。必要なものが生じたら、その都度申し出るように」

「承知しました。それでは失礼します」

不破はそれだけ応えると、長居は無用とばかりドアに向かう。美晴は慌てて榊に一礼し、不破の後を追う。

廊下に出て不破の後を歩きながら、美晴は相反する状況に頭を巡らせる。

不破が捜査担当を命じられたのは地検にとって最良の選択だ。異議を唱える者は誰もいないだろう。しかし府警本部にとっては最悪だ。天敵とまではいかなくても、かつて自分たちに煮え湯を飲ませた相手に指示・命令されるのを恥辱と捉える者は決して少なくないだろう。

いったいどうするつもりなのか、その背中に聞いてみたい。

だが聞いたところで、木で鼻をくくるような返事しかされないだろう。不破というのはそういう男だった。

二　無敵の者たち

1

岸和田駅通り魔事件に続く大阪地検爆破事件は、〈ロスト・ルサンチマン〉の犯行声明によって大阪府民のみならず日本中に二重三重の衝撃をもたらした。一つは事もあろうに検察庁自体が標的にされたこと。そして笹清政市たちロスジェネ世代の絶望と怨恨がこれほどまでに深刻で根深いという事実だ。

　犯行声明を出した犯人の年齢は未だ明らかになっていないが、〈ロスト・ルサンチマン〉という自称からすっかり笹清政市と同じロスジェネ世代と信じられている。そのため世論の多くは、一連の事件をロスジェネ世代の復讐と捉えた。一例を挙げれば爆破事件の翌々日の朝刊には、こうした読者の声が掲載されていた。

『自分たちの生活環境の劣悪さも将来に希望が持てないのも、全部社会のせいだというのか』

『確かに就職氷河期は新卒や第二新卒にとって厳しい時代だったが、それを言うならバブル経済を経験した世代もあの頃は地獄だった。いったい何人の人間が失職し首を吊《つ》ったか』

『好景気の時には売り手市場になり、不景気の時には買い手市場になる。そんなものはいつの世でも繰り返されてきたことじゃないか。甘えるな、若僧ども』

昨今、新聞を定期購読している中心層は五十代以上と言われている。投書の内容が笹清政市や〈ロスト・ルサンチマン〉への同情なき批判に集中するのも当然だった。別の言い方をすればロスジェネ世代の読者層は薄く、笹清たちを擁護する声は小さくて届かないきらいがある。

新聞よりも顕著な反応をしたのはテレビだった。殊《こと》に爆破現場に隣接していたＡＢＣ朝日放送の対応は他局よりも深く踏み込んでいた。通勤電車の中、美晴が携帯端末で朝の情報番組を見ていると、温厚な性格で知られるニュースキャスターはいつになく憤慨した表情を見せていた。

『わたしたち報道の世界に生きる者は、重大事件が起きる度に常に社会との関連を考えてきました。その時々の犯罪は社会情勢の鏡であるという一面があるからです。しかし、先日発生した岸和田駅通り魔事件とそれに続く大阪地検爆破事件は同列に語っていいものかどうか、判断に迷っています。七人もの尊い命を奪った通り魔事件も六人の重軽傷者を出した爆破事件も、社会保障制度の不備に責任の一端を求めるべきなのでしょうか』

スタジオ中央に設置された大型モニターには爆発直後の庁舎が映し出されている。今しも負傷者が担架で運び出されている場面だ。

『大阪地検の入っている中之島合同庁舎はＡＢＣ朝日放送のお隣さんになります。司法関係者と報道関係者がつるんで会食することは一切ありませんが、それでも出社や退社の際にはすれ違い、時には同じ電車に乗り合わせて世間話くらいは交わします。つまり普通にお隣同士の付き合いです。そうした関係のお隣さんがテロの対象になったのですから、わたしも当たり前の驚きと当たり前の怒りを覚えるものです。犯人の置かれた環境が社会の成り立ちと全く無関係とまでは言えません。しかし、ここまで残虐で無差別な犯行動機を環境に委《ゆだ》ねるというのはいかがなものでしょう』

ニュースキャスターの問い掛けに在阪新聞社の社会部記者が答える。

『そうですね。昨今ロスジェネ世代の犯罪が増加傾向にあり、その都度社会保障制度の不備が指摘されてきました。彼らに対する支援策を早々に打ち出すべきだ、支援に予算を注ぎ込むべきだと。そうした支援策が未だ目に見える成果を挙げていないのは確かです。しかし、そうした状況に痺《しび》れを切らしてか、あるいは絶望したかで通り魔や爆弾魔に変貌《へんぼう》するというのはあまりに短絡的で、それは個人の性格や資質に帰するところでしょう。通り魔事件の犯人も爆破事件の犯人も同情すべき点はありません。彼らの行いは決して許されるものではなく、早期の犯人逮捕と事件の解決を望むものです』

モニター越しでもスタジオの憤懣《ふんまん》遣《や》る方ない空気が伝わってくる。この情報番組が全マスコミの心情を代表しているとは思わないが、普段は体制批判ばかりしているメディアやコメンテーターまでもが犯人たちを糾弾《きゅうだん》しているところを見れば、概《おおむ》ね論調は一致していると考えてよさそうだった。

美晴は次にネットの反応を見てみる。悪名高き巨大掲示板。匿名が前提の書き込みなので悪意と挑発の垂れ流しになっているきらいがあるが、反社会的な本音とも解釈できる。

『今しがたワイドショー観《み》てたんだけど何あれ？　一方的にロスジェネ世代の批判しやがって。テメーらはマスコミ関係に就職できて、おまけにギャラもらってテレビに出られるんだからいいご身分だよな。上から目線でもの言うはずだよ』

『岸和田駅の事件がただの通り魔事件だと？　アホぬかせ。あれこそはオレたちロスジェネ世代のテロだ』

『笹清も〈ロスト・ルサンチマン〉も、見捨てられた者たちのヒーローなんだ』

『大学を卒業してからずっとオレたちは社会に搾取《さくしゅ》され続けてきた。専門学校じゃなく、ちゃんとした四年制大学を出たのにずっと派遣社員だ。それなのにオレより一年あとの新卒はいとも簡単に正社員に採用されやがった。一年生まれるのが早かっただけで、どうしてこんな差が出るんだよ』

『殺人も爆破も犯罪だよ。分かってるよ、そんなことは。でも、そうでもしなきゃおれたちの言うことなんて誰も聞きゃあしないだろ』

『今まで就職氷河期世代の人間を使い捨てにしてきたツケが回ってきたのさ。俺たちを踏みつけにしていい暮らしをしてきた奴ら全員、死んじまえ』

『天誅《てんちゅう》』

次第に気分が悪くなってきたのでサイトを閉じた。悪意は自分に向けられたものでなくても精神を蝕《むしば》むものらしい。

電車が福島駅に到着すると美晴は1番出口から外に出る。南方向へ五分も歩けば大阪中之島合同庁舎が見えてくる。正確には堂島《どうじま》に位置しているが関係者は〈中之島〉と呼ぶ。

庁舎の敷地内には今日も府警本部と福島署の捜査員たちがいる。鑑識係の採取作業も継続しており警備の任に当たる警官も立っている。そして彼らを取り巻くようにマスコミ各社のクルーたちがカメラとマイクを携えている。

見慣れた風景ながら、それが自分の職場となれば話は別だ。まるで見知らぬ場所に足を踏み入れるような違和感を覚えながら、美晴は庁舎の中に入っていく。

執務室では不破が先に座っていた。

「おはようございます」

「おはよう」

不破は岸和田駅通り魔事件の捜査資料に視線を落とし、美晴の方には見向きもしない。最初のうちは自分の扱われ方に悩んだものだが、今ではすっかり慣れてしまった。

「表、まだ警備の警官が立っているんですね。さすがに連続で爆発物が送られることはないと思うんですけど」

事件以来、地検への郵送物はいったん府警本部の機動隊が中身をチェックしてから総務課に渡すようになっている。安全が担保されても受け取る側の総務課はトラウマものだろうが、これは復帰間もない仁科が気丈にも一手に引き受けているらしい。

「そんな風に油断しているところを狙われたら、今度こそ大阪地検も府警本部も威信はガタ落ちになる。だから慎重にも慎重を期している」

「不破検事は二度目があると思いますか」

「模倣犯なら可能性はある。笹清政市や〈ロスト・ルサンチマン〉とやらにシンパシーを抱く人間がいてもおかしくない。事件に乗じて悪ふざけする人間もいるだろう」

「じゃあ、不破検事もロスジェネ世代の復讐だと考えているんですね」

「碌でもないワイドショーか、偏向気味の新聞の投書欄でも見たのか」

図星を指されたので返事に窮した。

「世代間の格差や意識の違いはこれまでにも様々なメディアで取り上げられ、面白おかしく論じられてきた。だが世代の区切り方に確固たる定義がある訳でもなく、社会や経済を語る上で便利だから捻《ひね》り出された用語というのが実情だろう。一般的にはバブル崩壊後の就職氷河期に襲われた世代をロストジェネレーションと呼ぶ。有効求人倍率が1・00を割り、正社員として就職できなかった者が多く生まれた。内閣府のホームページでは就職氷河期世代の中心層となる35～44歳の雇用形態等の内訳（2018年時点）が公表されているが、正社員九百十六万人に対して非労働力とされる人口は二百十九万人にも上る。二百十九万人は確かに多いが、無視できないのは九百十六万人の正社員だ。就業環境が異なるから、当然両者は立ち位置も違えば人生観も違う。ひと言でロスジェネ世代と十把一絡《じっぱひとから》げにして語るのは牽強付会《けんきょうふかい》か一知半解《いっちはんかい》に過ぎない」

不破の説明に出てきた数値は信用して間違いがない。職業柄なのか本人の資質なのか、不破は見聞きしたことをまず忘れることがないのだ。博覧強記《はくらんきょうき》が無表情で正論を吐くのだから、聞いている側は突っ込む余裕もない。

「でも世間やネットでは笹清政市も〈ロスト・ルサンチマン〉も同じロスジェネ世代だから動機は一緒だという論調ですよ」

「テロ組織の一員だというならともかく、笹清政市の通り魔事件も今回の爆破事件も個々の事情や動機がある。複雑に考えたくない、物事を二分法で考えたがる人間は、得てしてそうした結論に飛びつく。単純で理解できる方が対象を非難しやすいからだ。世間一般はそれでいいかもしれないが、少なくとも司法機関に身を置く者の態度ではない」

暗に自分が責められているようで、美晴は恐縮する。不破は徹頭徹尾、曖昧さを嫌う。大抵の日本人が重視する気分や空気とは無縁の男だった。

「不破検事は今回の事件について世間やネットの反応が気になりませんか」

不破の返事はない。いちいち確認しなくても分かる。不破の仕事は送検されてきた案件を起訴するかどうかを司法の常識に照らし合わせて判断するだけだ。そこに世論や忖度《そんたく》の入り込む余地はない。それでも美晴はある可能性に言及するために伝えなければならない。

「さっきも少しググってみたんですけど、笹清に対してシンパシーを抱く人間は多数存在します。〈ロスト・ルサンチマン〉がその中に潜んでいても不思議じゃありません」

不破は尚も口を閉ざしている。そろそろ辛抱ができなくなり、美晴は切羽詰まった声を上げる。

「不破検事」

「大声を上げるな。聞こえている」

「でも」

「〈ロスト・ルサンチマン〉なる犯人がネットの中に潜んでいると仮定して、笹清を擁護している者たち全員のＩＰアドレスを探るとでも言うつもりか。干し草の中から針を探すようなものだ」

「じゃあ、どうやって〈ロスト・ルサンチマン〉を見つけるつもりなんですか」

「普段通りだ」

それだけ言うと、不破はやおら立ち上がり、椅子に引っ掛けてあったジャケットを摑み上げた。

「不破検事、どちらに」

「大阪病院だ」

大阪病院は中之島合同庁舎に最寄りの総合病院だ。

負傷した前田事務官はそこに担《かつ》ぎ込まれていた。

命に別条はなかったとはいえ、一時は面会謝絶だった負傷者だ。主治医がどこまで事情聴取を許可してくれるかを心配したが、案ずるより産むがやすしで不破たちは病室に案内された。

「ああ、不破検事に惣領さん」

前田がベッドから起き上がろうとするのを、美晴は慌てて止める。

「ダメですって前田さん。まだ安静にしていないと」

「仁科課長から聞きました。岸和田駅通り魔事件と今回の地検爆破事件、両方とも不破検事が捜査を担当されるんですってね」

こちらを向いた前田を美晴はとても正視できなかった。両手はともかく顔面も包帯だらけで、目と口が開いているだけのミイラ男になっている。

『本人は深夜になって意識を取り戻したけど、第二関節から欠落した指を見て大泣きしたそうや。それも府警の刑事の目の前で』

不意に仁科の言葉が甦る。右手の指五本と左手の指二本を失くしてしまえば、事務官としての仕事は大幅に制限される。退院後は転職を考えざるを得ないだろう。同僚の美晴は掛ける言葉も見つからない。

美晴の視線に気づいたらしく前田はゆるゆると首を横に振る。

「見かけはこんなんですけど、大した怪我やないです。悪党に後ろ指差されへんようになったのが残念ですけど」

ベッドの上でそういう軽口が叩けるのならもう大丈夫かもしれない。不破はベッド脇の椅子に腰かけた。

「質問に答えてください」

「もちろん。失くした指の仇を取ってください。ただ、思いついたことは既に府警本部の刑事に伝えましたよ」

「多分同じことを訊くことになります。爆発した郵送物の形状を憶えていますか」

「大きさはティッシュペーパーの箱くらいでした。厚さは五センチ程度でしたか、手製の白い包み紙に覆われて、宛名は手書きではなく印字でした」

「宛名には地検の部署名まで入っていましたか」

「『刑事部』まで記されていました。担当検事の名前まではありませんでした」

「差出人は何と書かれていましたか」

「大阪府警の名前と本部の住所です。それで捜査関連の何かが封入されてるんかなと思いました」

「消印はどこの郵便局ですか」

「すみません。そこまでは目がいってませんでした」

「爆発の寸前、音とか感触とかの予兆はありませんでしたか」

こうして、と前田は両手でものを抱えるような仕草をする。美晴は胸が痛んだ。

「両手で持っていても異変らしい異変は感じられませんでした。きっと僕が鈍《どん》くさいからやと思います」

「郵送物の振り分け作業は週替わりだそうですね」

「ええ。先週が僕の番でした」

「それを知っていたのは総務課以外で誰でしたか」

質問の意図を察したらしく、前田の口調が変わった。

「まさか不破検事は地検内部の人間を疑っていらっしゃるんですか」

「現段階では〈ロスト・ルサンチマン〉が何者であるか分からない。犯行声明があっても、どこまでが真実なのか証明するものは何もない。従ってわたし以外の全員を疑わざるを得ない」

「不破検事以外。じゃあ僕も容疑者だって言うんですか」

「例外はありません」

「自分で自分の指を吹っ飛ばすバカがどこにいるんですか」

「バカではないから指の欠損で済んだという解釈も成り立つ」

美晴は思わず足を踏み出した。不破の冷徹さは地検で知らぬ者はいないが、それでも常時傍《そば》にいる美晴と他部署の人間では耐性に大きな差がある。

だが不破の言葉は止まらない。

「今回使用されたのはオクラホマシティ連邦政府ビルを爆破したのと同じアンホ爆弾です。あんな巨大ビルを破壊できるのなら、合同庁舎ごときは何棟でも吹っ飛ばせる。しかし実際には総務課のパソコン数台とキャビネット、そしてあなたの指を吹き飛ばしただけだ。爆発の規模としてはいかにも小さい」

「〈ロスト・ルサンチマン〉が爆弾製造の素人《しろうと》で、爆薬の量を間違えたんですよ、きっと」

「その推理は的外れです。犯人は犯行声明の中で爆弾の製造方法と使用した材料および火薬の一切を公開しています。爆弾製造の素人であるかもしれないが火薬の量を間違えるほどの粗忽者《そこつもの》ではない」

「故意に爆薬を少なく調整したというんですか」

「可能性は否定できません」

「仮に今回の爆破事件が僕の狂言だったとして、僕にどんなメリットがあるんですか」

「メリットまで推察できる材料はありません。しかし可能性は否定できません。被害者というのは最も疑われない関係者なので」

するとは前田は美晴に恨みがましい視線を投げて寄越《よこ》した。

「色々と不破検事の評判は耳にしていましたが……惣領さん、これが検事の通常運転ですか」

「不破検事は相手によって態度を変えることはありません」

前田は小さく嘆息した後、今度は同情を込めたような目で美晴を見る。

「郵送物の振り分け当番に関しては、総務課の全員が知っていたはずです」

「では、職場で前田さんを恨んだり憎んだりしている人物に心当たりはありませんか」

「幸か不幸か、恨まれたり憎まれたりするほど目立つ存在じゃありません。ついでに言うておきますけど、僕はまだ独り者《ひと》で資産と呼べるようなものは何もありません。あるのは借金くらいやからカネ目当てで命を狙われることもありませんよ」

前田は精一杯皮肉を利かせたつもりらしいが、生憎《あいにく》と不破には微塵も通用しない。

「怨恨やカネ目当てで狙われることはないのは分かりました。ただ今は事件の直後なので記憶や思考が混乱しているかもしれず、後で何か思い出したらすぐに連絡してください」

それだけ言うと、不破は前田の反応を確かめもせず病室を出ていった。

美晴は何度も前田に頭を下げてから不破の後を追う。

「待ってください、検事」

後ろから声を掛けるが、もちろん不破は振り返りもしない。

「いくら何でも事件の被害者にあの台詞《せりふ》はありません」

「あの台詞とは何だ」

「爆破事件の犯人が地検内部にいるんじゃないかとか、前田さん自身が犯人である可能性とか。思いやりがまるで感じられません」

「彼の両手を見たか」

「見たくなくても目に入りますよ。可哀想《かわいそう》に」

「彼は同情や憐憫《れんびん》を欲しているように見えたか」

美晴は返事に詰まる。

「慰めや憐《あわれ》みの言葉で彼の指が元に戻るのなら、いくらでもかけてやる。だが彼が望んでいるのは気休めの言葉じゃない。犯人逮捕と事件の究明だ。何の役にも立たない言葉よりも手掛かりを探す方が先決だ」

ぐうの音も出ず、美晴は自己嫌悪に塗れながら不破の背中を睨《にら》む。

不破たちが次に向かったのは中央区《ちゅうおうく》大手前《おおてまえ》にある大阪府警察本部だった。府警本部本庁舎は本町通《ほんまちどおり》と上町筋《うえまちすじ》の交差点を睥睨《へいげい》するように建っている。通りから見上げれば威容《いよう》ですらある。

いや、威容に見えるのは美晴自身が府警本部に対して怯《おび》えを抱いているせいかもしれない。

以前、不破が府警本部のスキャンダルを暴いた際、時の府警本部長だった柳谷と迫田検事正の間で密約が交わされた。スキャンダルは不破が暴いたのではなく、府警本部の内部調査によって明らかになったと公式発表されたのだ。スキャンダルは恥だが内部の自浄作用が働いたというかたちなら最低限の面目は保てるという判断だった。

結局、柳谷本部長は辞職してしまったが、府警本部は大阪地検に大きな借りを作ったことになる。だが、貸しを作った側が終始優位に立てるとは限らない。本部長をはじめとした大量の処分者を出した府警は不破に未だ敵意を抱いている。その本丸に足を踏み入れるのは敵陣に丸腰で乗り込むのと同じなのだ。

美晴の心配をよそに、不破は受付を通して菅野《かんの》刑事部長に面会を求める。

訪問先がこちらに対してどんな感情を持っているかは待たせる時間で大体の見当がつく。不破たちの待つ別室に菅野が現れたのは、受付で来意を告げてから二十分後のことだった。

「お待たせして申し訳ありませんでしたね、不破検事」

申し訳なさなどこれっぽっちも出さない厚顔《こうがん》さはなかなかのものだが、不破には蛙《かえる》の面《つら》に小便だ。

「地検爆破事件の捜査を担当することになりました」

「ええ。昨日、通達をもらいました。ひどい事件です。あれは大阪地検にではなく、全司法システムに対するテロですよ。加えて笹清政市の釈放を要求する、大阪府警に対するテロでもあります。

我々は断固としてこれに立ち向かわなくてはなりません」

大層な決意表明は却って薄っぺらな意志を露呈させる。沈黙は金、雄弁は銀とはよく言ったものだ。

「早速ですが地検爆破事件の捜査資料を拝見したい」

「性急ですね」

不破が単刀直入に言うと、菅野はちらとだけ不快感を面《おもて》に出した。

「爆破事件についてはまだ鑑識の分析が進行中です。報告書が出来次第、送検しますよ」

「採取した爆発物の残骸からは既に使われた部品のメーカーや型番まで判明していると聞きました」

「鑑識は更に詳細まで詰めるつもりですよ。それに地取《じど》りや鑑取《かんど》りもまだ終わっていません」

「途中までで結構です。現時点までの捜査結果を纏めて報告してください」

「未確定の情報が混在している可能性がありますよ」

「未確定なら未確定としていただければ、それで構いません」

わずかなやり取りで、菅野が捜査の主導権を握りたがっているのが分かる。不破が陣頭指揮を執る前に、口出しする余地をなくそうとする意図が透けて見える。

「しかし、それでは余計に検事の手を煩《わずら》わせることになりはしませんか」

「手を煩わせないで解決できる案件など存在しません。今日中にお願いします」

取り付く島もないとはこのことだ。不破は菅野の抵抗を全て無視して慇懃《いんぎん》無礼《ぶれい》と思えるほど話を進める。一切の理屈を付帯させないので抗弁の余地も与えない。案の定、退路を塞《ふさ》がれた菅野は狼《ろう》狽気味《ばい》になった。

「では、お願いします」

最後通牒《つうちょう》よろしく言い放つと、不破は菅野の返事も待たずに席を立つ。おそらくそうした扱われ方をされたことがないのだろう。菅野は呆気《あっけ》に取られた様子で不破を見送るしかできない。

美晴は菅野にも頭を下げ続けるしかなかった。

そのまま本庁舎を出るかと思いきや、不破は階上の別のフロアへと移動する。どこに向かっているか訊こうとしたが、どうせ無視されるので口を噤《つぐ》んだ。

不破が辿り着いたのは鑑識課だった。ちょうど通りかかった人間を呼び止めて身分を名乗る。まさか鑑識課に担当検事が直接やって来るとは想像もしなかった若い鑑識係は胡散臭《うさんくさ》そうな目をしたが、すかさず美晴が検察事務官証票を提示すると途端に顔色を変えた。

「鴇田《ときた》さんはいらっしゃいますか」

こちらの方はものの数分で本人が飛んできた。

「不破検事。どうしてこんなところに」

「地検爆破事件の捜査担当になりました」

「そんなことはとうに聞いてますよ。どうして直接現れたんですか」

鴇田は説明するのももどかしいとばかり、不破を廊下へと連れ出す。辺りを見回し、人けがないのを確かめてから改めて話し出す。

「あなた、自分のしたことをもう忘れたんですか。検事の行いは正しかったけど七十六人も処分された府警本部は忘れてないんですよ。それをのこのこ本丸に」

「今、それは関係ないでしょう」

「関係ないって、あなた」

「過去の事件絡みでわたしをどう恨もうと構わないが、それで上がってくる情報に遅れや齟齬《そご》があってはどうしようもない」

「捜査本部経由の情報は信用できひんと言われるんですか」

「捜査担当を命じられました。わたしが担当者に直接確認するのは職権の範囲内です」

「それはその通りですけど……ホンマ、命令系統ゆうのを徹底的に無視する人ですなあ」

鴇田は頭を抱えんばかりの様子だ。

忖度にも気遣いにも無縁な不破は自身の流儀を貫くあまり敵が少なくない。しかし陰ながら支持する者もわずかに存在する。鴇田はその数少ない支持者の一人だった。

「爆発物の破片からメーカーや型番までを割り出したと聞いています」

「その通りです。爆薬に含まれた肥料もコンデンサーもありふれたマスプロ品だったから、逆に特定しやすかった。先に犯行声明の中で原材料も記載されてたんで、言うてみれば答え合わせみたいなもんですよ」

「それ以外に判明した事実はありませんか」

「判明というほどやないけど、気になったのは爆薬の量です。当該郵送物は80サイズ（縦・横・高さの合計）と思いますけど、その大きさであればもっと大量の爆薬を仕込めたはずなんです」

「意図的に爆薬を少なくしたのではないかという疑念ですね」

「理由は不明ですけど、えらく遠慮している感があります」

「他には」

「爆発物を包んでいた箱は郵便局や宅配業者の市販物やなくて何かの流用品やと思います。今はその素性を洗っている最中です」

「新事実が分かったら教えてください」

「ひょっとして、またここに来はるつもりですか」

「できるだけ足を運ぶつもりです」

「何か分かったら、こっちから電話しますから」

悲鳴のような声を上げると、鴇田は頭を振りながら廊下の向こうへ消えていった。

2

地検に戻った不破たちを待っていたのは笹清政市の初件だった。笹清は先刻まで府警本部の留置場に勾留されていたので、乗るクルマが違っていただけということになる。

通常、検事調べを受ける被疑者たちは一台のバスに乗せられて検察庁に護送される。全員が調べを終えるまで個別では帰れないので朝八時に始まってほぼ一日、早くても午後までかかる。

ところが笹清はたった一人で護送されてきた。大人数でも護送中は手錠を紐《ひも》で数珠《じゅず》繋《つな》ぎにされ一切の私語を許されない。そんな状態だから複数で護送されても問題は生じないと美晴は思うのだが、府警本部や地検も慎重の上にも慎重を期しているのだろう。笹清一人に五人もの護送警官。物々しい警戒態勢は、そのまま府警本部と地検の緊張と警戒心の表れとも言える。

不破の正面に座る笹清は手錠と腰縄で身動きができない。普通サイズの手錠が手首に食い込み、まるでボンレスハムのように見える。腹にも足にも余分な肉がつき、いかにも鈍重という印象だ。とても矢継《やつ》ぎ早《ばや》に七人もの人間を殺戮した被疑者とは思えない。

「あなたの事件を担当する不破です」

「どーも」

「今から作成する調書は、そのまま裁判で採用されます。警察で質問した内容と被るかもしれませんが、正確に遺漏《いろう》なく答えてください」

「あー、知ってます、知ってます」

笹清は訳知り顔で言う。いかにも人を食ったような物言いに、横で聞いていた美晴は早くも苛立つ。

「警察官の作成する調書は調べる側の好き勝手にできるから採用されにくい。そうですよね」

「警察では好き勝手な調書を作成されたのですか」

「いや、お巡《まわ》りさんの言うてることはそのまんま事実なんですけどね」

不破は四月十日朝の岸和田駅で笹清が起こした事件を時系列に沿って語り始める。前日に借りたワゴン車で改札口に突っ込み、宇野鉄二と大倉一輝を撥ね、栫井剛の足を巻き込み彼を下敷きにする。運転していた笹清が車外に飛び出し、内海菜月を背後から刺殺、続いて病院に向かう途中だった駒場日向と通学途中の樋口詩織に凶刃《きようじん》を振るう。そして降って湧《わ》いたような恐怖に立ち尽くしていた八歳の浅原元気の喉を真横にかっ切る。

傍で聞いていて応えるのは、やはり女性や子どもを殺害する件だった。特に浅原元気が問答無用で襲われる場面は思わず耳を塞ぎたくなる。不破の淡々とした喋り方が余計に犯行現場の禍々《まがまが》しさを増幅させてしまうのだ。

「見ず知らずの人々を立て続けに殺害したのは、仕事も家庭もあり満ち足りた生活をする他人が妬《ねた》ましかった。そこで無差別殺人を計画した。ただ無差別かどうかについては次の供述があります。『四月初め、駅に急ぐ連中は会社なり学校なりに通う人たちです。毎日、目的やすることがあるのは贅沢ですよ。そういう贅沢な人たちを殺してこそ、わたしのような社会の落伍者が世界に一矢報いることができるんです。そういう視点で標的を選んでいるので、これは決して無差別殺人ではありません』。これはあなたの供述内容と一致していますか」

「大体、合ってますね」

「それぞれ詳細について質問します。最初に撥ねた宇野鉄二さんの服装を憶えていますか」

笹清は意外そうに不破を見る。

「服装、ですか。たしかネズミ色の上下だったと思います」

「ネイビーのビジネススーツを着用していました」

「ああ、色だけ間違えました」

「二人目の大倉一輝さんの服装は憶えていますか」

「確か、その人もネズミ色のビジネススーツやなかったですかね」

「下はジーンズ、上はベージュ色のセーターでした。大倉さんは一カ月前に勤めていた会社が倒産し、ハローワークに向かう途中でした。つまりあなたが言うような、『会社なり学校なりに通う』人ではなかった。では三人目の椊井さんの服装を言ってみてください」

「服装は……憶えていません」

「会社員でしたか、それとも自由業でしたか」

「知りませんよ、そんなん」

「栫井さんは岸和田市内の不動産仲介会社に勤務しており、この日も黒のスーツを着ていました。あなたは栫井さんの服装も碌に憶えていないのに、どうして彼が仕事を持っていると判断したのですか」

「あの時間、駅に急ぐ人間はほとんど全員が会社員か学生ですよ」

「ワゴン車を降りたあなたは通行人の群れに向かって突進し、内海菜月さんを追い掛けてその背中を刺しました。内海さんの服装を言ってみてください」

「リ、リクルートスーツ」

「内海さんは今年新聞社に入社したばかりでした。派手な服装でなかったのは確かですが、着ていたのは薄いグレーのスーツで私服としても通用します。リクルートスーツとはずいぶんと色が違います。五人目は駒場日向さん。今年六十八歳のご婦人ですが、駒場さんは二週間前に軽い捻挫をしてまともに歩くこともできなかったのですが、どうして彼女を会社員と判断したのか、その根拠を教えてください」

　しばらく黙っていた笹清は、やがて気分を害したように「勘ですよ、勘」と答えた。

「六人目は樋口詩織さん。樋口さんは駒場さんが襲われた瞬間を目撃し、その場でいったん逃げるのをやめました。そしてあなたに正面から組み伏せられ、何度も抵抗した挙句に胸部と腹部それぞれ二カ所ずつ刺された」

「女の子はブレザーを着てました」

正解を引き当てたかのように弾んだ声にも不破は反応しない。

「最後に浅原元気くん。彼はランドセルを背負っていたので一目で小学生と判別できます。従って彼は除外します」

笹清は逃げ場を探すように視線を泳がせるが、不破の声は一本調子で緊張も緩和もない。

「今、検討した通り、襲われた七人のうち明らかに会社員と分かるのは一人、学生・児童と分かるのは二人。他の四人については就業しているかどうかなど服装で判断できる状況ではなかった。つまりあなたの『会社なり学校なりに通う』人間だから標的に選んだという供述は誤認かさもなければ虚偽です」

「検事さんは虚偽だと思うてはるんでしょ」

笹清は卑屈に笑ってみせる。

「自分より強そうな男はクルマで撥ねて、格闘する段になったら自分より弱そうな女子供を選んだ。そういう風に解釈するんでしょ」

「解釈はいかようにも存在するが、あなたの心根を証明するものではない。状況と事実があるのみです」

不破らしい物言いだと思った。

検察官の中には犯人とその所業に対して言葉の限りを尽くして悪罵《あくば》し非難する者が少なくない。社会正義の実現を声高に叫び、おそらくは裁判官および裁判員の懲罰意識を喚起させるためだ。

ところが不破はあくまでも被告人の行為を状況と照らし合わせながら淡々と説明する。激昂《げきこう》も悲嘆もせず、ただ事実だけを述べていく。それはあたかも大袈裟なナレーションを排した記録映像のようであり、却って犯行の残虐性と非人間性を際立たせることに貢献する。思った通り、笹清は己の恥部を晒《さら》け出されるような顔をしていた。

「ふん。確かに状況と事実だけなら大抵の者は俺が最低最悪の犯罪者っちゅう印象を持つでしょうね。こんなことなら、ええ齢《とし》のオッチャンも何人か刺しといたらよかった」

美晴の忍耐にも限界が近づきつつある。

検事づきの事務官なら、目の前で被疑者が何を言おうと平然と構えていなければならない。検事が反論したり腹を立てたりした時も決して動揺してはならない。事務官は検事の影であり、影が感情を露《あらわ》にしていいはずがない。だが美晴は、自分の犯行を冗談交じりに語る笹清を見ていると自身の怒りが制御不能になりそうだった。

理不尽に殺された七人の無念さを思うと居たたまれなくなる。通常業務に向かおうとした者、新しい仕事に就《つ》こうと必死だった者、顧客のために大量の情報をカバンに詰め込んでいた者、念願だった職業に就き決意を新たにしていた者、息子夫婦を気遣い一人で病院通いを続けていた者、己の危険を顧《かえり》みず殺戮者と対峙した者、そして無限の可能性を一瞬のうちに摘《つ》み取られた年端《としは》もいかない者。

駄目だ。

美晴は大きく頭《かぶり》を振って雑念を払う。被疑者に個人的な感情を抱いても構わないが、それは今でなくていい。今は不破と同じ目、同じ耳で笹清の供述を見聞きしなければならない時だ。この鬼畜の一言一句を記録しなければならない時だ。美晴はありったけの自制心を総動員してパソコンのキーを叩く。

不破の質問が続く。

「犯行時、善悪の判断はついていましたか」

「検事さん。それは俺がまともな判断力の下で七人を殺害したのかゆう質問ですよね」

「そう考えてもらって構いません」

「無駄ですよ、無駄。だって、ここで俺がどんだけあの瞬間は心神喪失の状態でしたって力説したところで、前日にレンタカー借りたりナイフ買《こ》うてたりしたら、そんなもん計画性ばりばりやから心神喪失なんて絶対認めてもらえません。抗弁するだけ無駄なことくらい分かってますよ」

「では、善悪の判断はついていたという認識ですね」

「もう、それでいいです」

「何故、今度の犯行を計画しましたか」

「動機ですね。そりゃあ社会に対する復讐ですよ」

笹清は嬉《うれ》しそうに唇を舐める。

「警察でも話しましたけど、俺が恵まれへんのは運だけです。能力は人並みにあります。それなのに生まれんのがちょっとばかし遅かったり早かったりしただけで、こんな底辺の生活を強いられる。何が理不尽って、こんな理不尽なことないですよ」

それを殺害した七人の前で言ってみろと思う。

「それでも世間は我慢せえ言うんです。景気不景気で求人倍率が変わるんはしゃあないやろって。そら、あんたたちはええわ。バブルの頃を謳歌《おうか》したり逃げ果せたりで高みの見物やから。けっ、こっちの身にもなってみいちゅうねん。大学出てからこっち、ええことなんて一つもない。検事さんも同じ穴の狢《むじな》や。司法試験通って採用試験も通ってバッジ付けるんやからエリート中のエリートでしょ。そんな人に俺らの気持ちなんて分かる訳ないわ」

「自分は運が悪くて恵まれない。それが七人を殺害した動機ですか」

「俺よりもっともっと恵まれた人間から幸福を奪う。それで、やっと俺と他の人間は公平になる。さっき、自分より弱そうな人間ばかり狙《ねろ》うたんやないかって話になったでしょ。あれも満更的外れな話やないんです。自分より弱い人間を相手してたら殺せる人間を増やせるでしょう。なるべく大勢の人間を血祭りに上げる。そのためには弱い者から片づける必要があったんです」

「分かりました」

普通の人間なら眉の一つでも顰《ひそ》めるところを、不破は相変わらずの能面で粛々と質問を進めていく。見慣れた光景だが、美晴は改めて不破の精神力に驚嘆する。

「別の質問に移ります。あなたは〈ロスト・ルサンチマン〉なる者を知っていますか」

「知ってますよ。府警の刑事さんに訊かれましたから。俺の釈放を求めて地検を爆破したんですよね」

笹清は愉快で堪らないというように口角を上げる。その表情と仕草が尚も美晴を苛立たせる。

「あなたと〈ロスト・ルサンチマン〉は知り合いですか」

「いいえ。俺もその名前は刑事さんから初めて聞いたくらいですから。でもまあ、どういう人間かは分かりますよ。その人は間違いなく、俺と同じ目に遭ったんです。俺と同じように面接で雑魚《ざこ》扱いされ、色んな職場で最下層に押しやられ、いい齢をして独身で貯金もないのかと世間から馬鹿にされ、この世に居場所を失くしたんです」

笹清が見せたのは挑発の笑みだった。しかし、これにも不破は微塵も反応しない。さすがに異状を覚えたのか、笹清はすぐに笑いを引っ込めた。

「では、あなたは爆破事件については何も関与していないのですね」

「関与も何も、爆破事件が起きた時、俺は留置場にいましたからね。でも全くの無関係かと言うたら、そうでもない。俺と〈ロスト・ルサンチマン〉は精神的な同志ですよ。お互いにお互いをリスペクトし合っている。俺たちだけやない。俺たちみたいな境遇の人間は日本中に何万人何十万人とおる。検事さん。世間に一矢報いたい、この世を転覆させたいと考えてるのは俺と〈ロスト・ルサンチマン〉だけやないんですよ」

「どういう意味ですか」

「爆破事件があれ一件で済むとは限らんちゅうことです。次は岸和田支部かもしれんし、ひょっとしたら大阪府庁かもしれません。俺らの恨みを晴らせる場所はどこにでもあるんですよ」

笹清は不敵に笑いかけたが、不破の顔を見て表情を凝固させた。

不破は笹清を正面から見据えている。冷徹で無感情、光も熱も感じさせない瞳。

「最初にも言いましたが、作成する調書はそのまま裁判で採用されます」

「いや、今のは、違《ちご》うてて」

「言い間違いや冗談の類ではなかった。心配しなくてもよろしい。検事調べはこれが最後ではありません。捜査の進展に伴って二度三度と続く。同じ質問を繰り返すかもしれないので、供述を修正したければその都度すればいい」

「そうですか」

「もちろん後で修正したからといって以前に供述した内容まで修正する訳じゃない。あなたが爆破事件の再発を仄《ほの》めかした記録はずっと残る」

笹清は色のない視線に対抗するかのように、昏い情念に滾《たぎ》った目で不破を睨んだ。

笹清が警官たちに連行されていくのを見送ると、美晴は一気に肩の力を抜いた。最後まで感情を爆発させなかった自分を褒めてやりたい。

「起訴前鑑定を行う」

「必要でしょうか。さっき笹清本人も言ったように、前日に犯行の準備をしている段階で心神喪失を主張できる余地はないと思うんですが」

「必要だ。予測される障害は全て排除しておく」

退路を全て断っておくというのは、なるほど不破らしい流儀だった。美晴は鑑定を依頼する医師の選別をスケジュールに組み入れる。

「検事。さっき笹清が宣言したこと、気になりませんか」

「何がだ」

「爆破事件は地検だけでは済まないっていう話です。あれ、半分は虚勢みたいなものですよね」

「何故そう思う」

「もし笹清に共犯がいるのなら、レンタカーだってナイフだって笹清一人が用意しなくてよかったはずです。岸和田駅通り魔事件は笹清の単独犯行と考えて間違いないと思います。同時に、笹清が爆破事件に関与していないのも事実だと思います」

「それで」

「でも〈ロスト・ルサンチマン〉は笹清の釈放を要求してきました。共犯でなくても、笹清を釈放させるために類似の事件を起こす者が、これ以降も出現するんでしょうか」

「どんな可能性もゼロじゃない」

不破の言葉は冷静なだけに恐ろしい。

「笹清と似たような境遇の人間は大勢いる。笹清と無関係と思える〈ロスト・ルサンチマン〉が地検を爆破したのも事実だ。模倣犯が発生する確率は決して無視できない」

「でも、建造物等損壊罪は死傷者が出たら重罪になります」

「死傷者が出る出ないは関係ない。実際に庁舎が爆破されたにも拘《かか》わらず、捜査本部は犯人像すら把握できていない。こういう場合、模倣犯は容易に発生する。成功例があれば犯行へのハードルは一気に下がる」

不破の説には説得力がある。世間の注目を集めるような大それた犯罪を起こしても捕まらないとなれば、我も我もと追随者が出てくるのは自明の理だ。そして笹清と似た境遇の者は本人が指摘した通り、何万人何十万人と存在する。そのうち一万分の一でも数十人だ。

ここに至って美晴は改めて事態の深刻さを思い知る。不破たちが相手にしているのは笹清と〈ロスト・ルサンチマン〉だけではない。彼らの背後には声を潜める無数の同調者が控えているのだ。

3

自分たちに敵対する者が一人だけではないと自覚した途端、美晴は否応《いやおう》なく〈無敵の人〉を意識せざるを得なくなった。

無論、彼らの存在は以前から知っていた。ロスジェネ世代についてはマスコミが定期的に取り上げ、送検されてくる案件に彼らの世代が目立つようになってきたからだ。不破は犯罪者集団を世代単位で捉えるのは牽強付会だと言っていたが、美晴にはそうは思えない。

虐《しいた》げられた世代は確実に存在する。

現代において定職を持つことはステータスの一つだ。定職に就いていれば安定した生活を送れ、安定した生活は結婚の前提になる。結婚を最大の幸福と位置付けるのは前近代の古い考え方だと一《いっ》蹴《しゅう》する向きもあるが、敵視されるのは既にステータスであることの証左《しょうさ》とも言える。

日本はずいぶん前から格差社会に移行したのだと、マスコミや評論家たちは喧伝《けんでん》してきた。美晴自身は地検に採用されたし、同世代の友人たちもほとんどが正社員として職に就いているので社会から虐げられているという意識は皆無だった。だが被害者意識は常に被害者同士でしか共有できない。どこか昏い場所で怨念と復讐心が澱《おり》のように堆積《たいせき》していても、美晴たちには察知できなかったのだろう。

格差による怨嗟がふとしたきっかけで暴動に発展するのは欧米などでもよく報道される事案だ。経済・人種・地域と格差の種類は様々だが、不平不満を一気に爆発させた民衆は猛々《たけだけ》しい。平和的なデモに終わらず破壊と略奪をもたらすものも少なくない。

　虐げられた人々の暴動が報じられる度、この国の人々は海の向こうの出来事だと済ませてきた。日本人は慎《つつし》み深く公共性が培《つちか》われているので、政治や社会に不満があっても決して欧米のような暴動は起こさないだろうと信じきっている。

　しかし、その根拠となる慎み深さや公共性は無条件に信じきれるほど盤石《ばんじゃく》なものだったのだろうか。

　昼食にコンビニ弁当を掻き込んでからひと気のなさそうな喫煙コーナーに向かうと、果たしてそこには仁科の姿があった。

「お疲れ、惣領さん」

「お疲れ様です」

「聞いたよ。不破検事、前田くんも容疑者の一人に数えてるらしいやないの」

　面会が可能になってからというもの、仁科は毎日前田を見舞っているらしいから、情報元は本人に違いない。

「すみません。わたしも検事に文句を言ったんですけど」

「惣領さんが謝るこっちゃないよ。それに当の被害者さえも疑ってることで不破検事が本気ゆうんがよお分かる。前田くんも最初は当惑してたけど、結局は納得したみたいやしね」

「今、郵送物の受け取りは課長が担当していると聞きました」

「他の職員の安全を考えるとなあ、おちおち任せる訳にいかんよ。そもそもこういう時のために管理職がおんねん。府警のお巡りさんがチェックした後やから、そない心配せんでええしね。それより惣領さん、笹清政市の初件、済ませたんでしょ」

美晴は初件で笹清が語った内容と不破の言葉を伝える。

「こんだけの事件が起こってんのに、相変わらず不破検事は通常運転か。さすがと言えばさすが」

「もっと危機感を持った方がいいんでしょうか」

「地検を爆破されたことの意味は誰よりも理解してはるよ。その重大さを顔に出さんところが不破検事の不破検事たる所以《ゆえん》やないの」

「検事は世代論で語るのを避けているんです。個別の事件を世代論のように十把一絡げで考えるなって」

「ふうん。つまり惣領さんの意見は違うんや」

「〈ロスト・ルサンチマン〉に賛同する人間は少なくないように思えて」

「模倣犯が出るって心配しとんの」

「模倣犯と言うより、ロスジェネ世代の暴動みたいなことが起きるんじゃないかと思って」

「暴動かあ」

仁科は少し考えてから、思い出したように口を開く。

「全国的に見たら日本人は暴動に縁遠いと思うてる人は多いやろうけど、わたしら大阪の人間にしたら暴動なんて珍しくも何ともない。惣領さんかて西成《にしなり》の事件は知ってるやろ」

地名を聞いて、はっとした。どうして今まで思い至らなかったのだろう。

一九六一年、あいりん地区で最初の事件が発生してから西成区では散発的に暴動が繰り返されてきた。自然発生的なものもあれば新左翼運動家に煽動《せんどう》されたものもあるが大小で二十回以上、直近では二〇〇八年の六月に飲食店での支払いを巡るトラブルに端を発して暴動が起きている。

「大阪人は全員がラテン系やゆう、あんまし笑えん冗談は放っておくとして、虐げられた人間が徒党を組んで反旗を翻《ひるがえ》すのは何度も見てる。西成暴動の中には警察署が焼き討ちに遭ったものさえある。そういうのんを見てる身には、ロスジェネ世代の暴動ゆうんは確かに絵空事には思われへん。条件も揃うてるしね」

「条件って何ですか」

「暴動起こす側の生活が不安定で、何かしらの不平不満を溜め込んでいること。その憎悪が個人よりは組織や社会に向けられていること。そして何かしらのきっかけか煽動者が存在すること」

条件が重なる度、美晴の脈拍が速くなっていく。仁科の言葉が正しければ、今のこの状況はまさに暴動前夜の様相を呈している。

「何やかんや言うても、わたしら公務員は恵まれてるんよ。朝はファストフード、昼はコンビニ弁当、夜は自炊。住んでるのは官舎か賃貸のマンション。検事の生活ぶりを知ってるからついつい比較して自虐モードに入ってまうけど、バイトにしか就けない四十代成人からしたら羨《うらや》まれたり恨まれたりする対象になっても不思議やない」

自分の収入に少なからず不公平感を抱いていた美晴は、また少し呼吸が浅くなる。誰かの普通が他の誰かには贅沢に映る。以前から分かっていたが、自分の生活を上位と捉えたことは一度もなかった。おそらくは、虐げられたと思う者にすればそれすらも傲慢《ごうまん》な考え方なのだろう。

「資本主義を選択した社会なら経済的な格差は当然ある。今までは社会制度や他の問題に目がいってたからそれが見えんかっただけの話や。せやからね、惣領さん、もし今後笹清や〈ロスト・ルサンチマン〉みたいな連中が束になって暴動を起こしたとしても、わたしは全然驚かんよ」

お前の考えていることは杞憂《きゆう》に過ぎない——本当はそう明言してほしかったのだと気がついた。

自覚している。美晴が他人に判断を委ねるのは、自身が極度に怯えている時と決まっていた。


ところが美晴の危惧は翌日、早速現実になってしまった。

美晴がそれを知らされたのは例によって仁科からだった。

『惣領さん、今、パソコンかスマホ、弄《いじ》れる？』

いきなり内線に緊迫した様子の電話が掛かり、美晴は理由を問う間もなかった。

「スマホなら」

『今すぐ動画サイト開いて、〈アンホ爆弾〉で検索して』

言われるままに自分のスマートフォンを取り出し、指示されたワードで検索する。仁科の指摘しようとした動画はすぐにヒットした。

『サルでもできる！　アンホ爆弾』

収録時間は十五分程度。投稿者の顔は映っておらず、声のみがバックに流れる中、アンホ爆弾の由来と製造方法が語られる。その直後、爆弾の材料がずらりと並べられ、製造過程が倍速で再生される。最後は小包大の完成品がアップで捉えられる。

『尚、アンホ爆薬の調合と製造方法は、全て〈ロスト・ルサンチマン〉さんの公表したデータに基づいています』

見ているうちに冷や汗が出るかと思った。犯行現場に指紋を残す意味で〈ロスト・ルサンチマン〉が公表した爆弾製造の工程が、ユーチューバーの手で実演されているのだ。

「仁科課長、これは」

『ひどい代物でしょ』

「まさか本当に作って動画投稿するなんて」

『ホンマにひどいんは、その手の動画が複数アップされてることよ』

仁科の言う通りだった。件の動画以外にも『検証〈ロスト・ルサンチマン〉の証言』や『実費一万円でできるテロ』や『大阪府庁を木っ端《こっぱ》微塵にする方法』やら、人を小馬鹿にしたようなタイトルが並んでいる。試しに再生してみればどれも同工異曲《どうこういきょく》で、ネットに公開された原材料と製造方法で実際に爆弾を作るという趣旨のものだった。

迷惑ユーチューバーなる者が登場して久しい。迷惑防止条例や軽犯罪法に抵触する行為を行い、人としての恥を晒し、良識や尊厳をかなぐり捨ててでも再生回数を稼ごうとする目立ちたがり屋だと美晴は認識している。何かの弾みでそうした動画を閲覧した時は悍《おぞ》ましさと不快感で吐き気すら催《もよお》した。

だが、これはそんな迷惑動画とは比べものにならない。

悪意と自己顕示欲の博覧会だった。

リストを下にスクロールしていくと更に神経に障るような動画があった。

『実証！　大阪地検爆破事件の再現』

場所はどこかの採石場らしく砂利と錆《さ》びた鉄板の山をバックに、中央にはドラム缶が五缶並んでいる。

程なくして画面中央に〈20〉と数字が表示され、カウントダウンが始まる。
5、4、3、2、1。
0。

その瞬間、轟音とともにドラム缶が爆発四散する。吹き飛ぶというよりも爆心地から押し倒されるかたちだったが、ドラム缶一つの重量を考慮すれば相当な爆発力であると想像できる。しかもカメラが接近すると、いくつかのドラム缶には爆発で穴が開いている。

『そういうタチの悪い動画が昨日の夜から次々にアップされてる。しかも、アップされてまだ半日しか経《た》ってへんのに、どれも結構な再生回数を稼いでる。それにもむっちゃ腹が立つ』

電話の向こうで仁科の憤慨しているさまが目に見えるようだった。

『惣領さんの予言、見事に的中や』

「こんなので的中しても嬉しくありません」

『せやね。嬉しがってるヒマなんかないわ。これ、話がヒートアップする前兆やからね』

改めて説明される必要もない。

〈ロスト・ルサンチマン〉に触発されたユーチューバーたちが現実に爆弾製造を模倣している。アンホ爆弾の製造は存外に容易であることを証明してしまったのだ。笹清のように鬱屈を溜め込んだ連中がこれらの動画を見て刺激を受けないはずがない。

この機にアンホ爆弾を製造してみようと試みる者が続出する。ほんの好奇心であれ本気であれ、真似をする者は必ず出てくる。そうなれば美晴と仁科が予想した最悪の事態となる。

『とにかく動画投稿サイトには削除依頼かけとくからね』

削除依頼自体は簡単だ。サイトのアカウントを登録した上で違反報告をすればいい。だが追従者が次々に現れたらいたちごっことなり、結局は依頼に人手を取られるだけだ。一件毎《ごと》の削除依頼は対症療法に過ぎない。

「お願いします」

仁科との会話を終えても美晴の腹には重たいものが残った。

怖れていたことが始まったのだ。

動画を上げたユーチューバーたち全員がロスジェネ世代という訳ではないだろう。しかし〈ロスト・ルサンチマン〉の犯行声明に共鳴したことは確かだ。笹清と〈ロスト・ルサンチマン〉に留まらず、この世に混乱と破壊をもたらそうとする者が相次いで腰を上げた。採石場でアンホ爆弾を炸《さく》裂《れつ》させた者の衝動がこれで立ち消えるという保証はどこにもない。採石場での爆発で一万回の再生回数を稼いだ者は、一万回以上の再生回数のために今度はもっと物騒な場所での爆破を目論《もくろ》むに違いない。

もっと人目のある場所で。

もっと破壊しがいのあるものを。

美晴は胸騒ぎを感じずにはいられなかった。

美晴の胸騒ぎはそれから二時間後に現実のものとなる。本日正午、大阪地検と在阪テレビ局五社ならびにＮＨＫ大阪放送局のホームページに再び〈ロスト・ルサンチマン〉からの書き込みがあったのだ。

『この世に、そしてこの国に異議申し立てをしたい同志たちよ。我々の叫びは、もはや言葉では届かない』

メッセージの内容とタイミングから、昨夜から今日にかけてアップされた投稿動画に呼応したものに相違なかった。美晴が目にしたのは昼のワイドショー番組だったが、スタジオに並ぶ出演者の面々はひどく興奮気味だった。

『これは、やはり一種の犯行声明とみるべきなのでしょうか。ネットに不適当な動画がアップされた途端にこの書き込みですから』

『彼らが一つのグループに属しているかどうかは分かりませんが、社会に復讐しようとしているのは共通しています。閲覧している人たちは好奇心からか軽視しがちですが、実際に爆弾の製造方法や、その威力までをも投稿するのは、迷惑ユーチューバーを通り越してテロリズムとも言うべき行為なのですよ』

『問題の動画には早速削除依頼がかかったようですが、それ以降も類似の動画が次々にアップされているようです。まあ、材料は全て市販のもので間に合いますし、製造についても高校三年レベルの化学知識があれば可能ですからね』

『警察ではこういうユーチューバーたちを取り締まってくれないんでしょうか』

『アカウントから本人を特定するには時間が掛かりますからね。削除は簡単にできても投稿者まで突き止めるとなると……第一、爆弾製造や爆破の動画をアップしただけで投稿者を逮捕できるかとなると微妙なんですよ』

疑義を差し挟んだのはコメンテーターの弁護士だった。

『逮捕できないんですか』

『まず製造した対象物が本当に爆弾なのかどうか映像では確認できません。火薬のように見えるのはただの粉末かもしれません。爆発映像にしても特撮だとかで言い訳されたら警察側に立証責任があります。特定の企業に損害を与えたのであれば業務妨害罪、即《すなわ》ち偽計業務妨害罪または威力業務妨害罪が適用されますが、このケースではどれにも当てはまりません』

『なるほど。投稿された動画はどれも反社会的でありながらぎりぎりセーフの線で留まっているということなんですね』

『ええ。ひどく人騒がせではありますが、ちゃんと言い逃れできる。まことに用意周到な動画だと思います』

『何ちゅうか、ムカつきますねえ』

口が悪いことで知られるお笑い芸人が顰《しか》めっ面で喋り出す。

『タチの悪い動画を投稿するんはタダの目立ちたがり屋か無職の暇人やと相場が決まってますけど、これはもう犯罪ですよ。明らかに動画再生した人間を不安に陥《おとしい》れようとしてるし、動画を参考にして爆弾製造しようとするバカを増やしてる訳でしょ？　センセイの言わはるように罪に問えんのなら、そら法律の不備ちゅうもんですよ』

無職の者を論うのはこの芸人らしくもあるが、他のコメンテーターたちは注意する素振りも見せない。こうして無職の者イコール犯罪予備軍のような空気が密《ひそ》やかに醸成されていくのかもしれないと、美晴は少し警戒感を抱く。

『法整備の不備はいつもの話でちょっと食傷気味ではあるのですが、目下の課題は早急に〈ロスト・ルサンチマン〉を逮捕することだと思います。こっちは明確に建造物破壊と怪我人が出ている訳ですから』

『ただですね。地検爆破の犯人を逮捕できたとしても、こういう動画を投稿してきた人みたいに追随する者が雨後《うご》の筍《たけのこ》のように現れたらきりがないということでしてね。一罰百戒《いちばつひゃっかい》で爆弾魔には厳罰を与えるのは当然として、こういう迷惑ユーチューバーというかテロユーチューバーたちも撲滅しなければ、とても安全な市民生活は送れませんよ』

『まだ罪を犯していない人間を撲滅しろというのも無体な話なんですが、それを言わせてしまうという深刻な状況がある訳です。確かに法律上は何の罪にもなりませんが、社会的常識や倫理といった点で、こうした動画は反社会的と非難されても仕方がない』

『まあ、投稿している本人たちにしてみれば表現の自由という錦《にしき》の御旗《みはた》があるんでしょうけど』

『それは違いますよ』

お笑い芸人が途中で話を遮る。

『わたしも舞台でぎりぎりセーフの危ないネタ喋ってるからその辺の呼吸は知ってるつもりです。表現の自由ゆうんは、何をどう喋ってもええけど、満席の映画館の中で火事やと叫ぶのはアカン。他人を不安に陥れるんは表現の自由でも何でもなく、ただの煽動です』

普段の口の悪さが却って説得力を与えている。美晴は特にファンではなかったが、この主張には全面的に賛同したいと思った。

『この投稿動画が違法ではないけど反社会的というのは誰しも共通した認識だと思うんです。表現の自由なんて大層なものでないことも。だったら新しい法律を制定するか、さもなきゃ法律以外の何かで規制するよりしょうがないですね』

『ああ、ネットには○○警察みたいに自主パトロールしているようなヤツらが常駐しているんで、そういう人らに任せておくのも一手でしょうねえ』

『こういう動画を上げた人の本名やプロフィール、全部晒してしまうというのはどうでしょうか。結構、実効性あると思うんですけどねー』

投稿者のプロフィール公開は確かに即効性があるだろうと美晴も納得する。ネットで好き勝手ができるのは、彼らが匿名という安全地帯で護られているからだ。ネット弁慶という言葉がある通り、彼らは現実の世界に放り出された途端に脆弱《ぜいじゃく》になる。

そんな考えに囚《とら》われ始めた時、番組ではいままでひと言も発しなかった若い社会学者が挙手して発言を求めてきた。これには司会者も面食らったようだった。

『あの、センセイ。いちいち手を挙げていただかなくても結構ですよ』

『いえ、皆さんの論調とは少し異なる意見なので。皆さんのお話を拝聴していると、笹清容疑者や〈ロスト・ルサンチマン〉なる人物、延いては彼らに同調するような動画を投稿した人たちを反社会的存在として排斥するべきというように聞こえてなりません』

『そりゃそうでしょ。だって建物破壊に怪我人まで出ている。笹清に至っては七人も殺してるんですよ。排斥するのは当然やないですか』

『ええ、笹清容疑者の行為や地検の爆破事件を擁護するつもりは更々ありません。しかしですね、テロリストにもテロリストなりの理由があるように、彼らにも彼らなりの理由があると思うのです。わたし今年四十二歳で、ちょうど彼らと同じロスジェネ世代なので気持ちは痛いほど分かります。

大学で教鞭《きょうべん》を執る身でなかったら、定職にも就けずその日暮らしの身であったのなら、ひょっとしたら彼らと同じような行動に出たかもしれないという恐怖が絶えずあります』

この社会学者は最近、様々なメディアに注目されている人物だったが、自身の内面を晒すことは滅多になかった。居並ぶコメンテーターたちは興味深げに彼の言葉に耳を傾ける。

『通り魔殺人も地検爆破も不適当な動画投稿も全て反社会的行為です。しかし先ほども言いましたが、彼らを犯罪乃至《ないし》反社会的行動に駆り立てた原因の一つにはやはり生活環境があります。貧困は犯罪を生み、格差は怨念を助長します。彼らだって人並みの収入や護るべき家庭があれば、こんな行為には及ばなかったと思うのです』

『でも、ロスジェネ世代の人全員がこんなことしている訳じゃないですよね』

『その通りです。そこで出てくるのが自己責任という便利な言葉です。犯罪行為に走らなかった者は自己責任で抑制できた。犯行に及んだ者は自己責任で制御できなかった。もちろん正論ではありますす。しかし彼らが犯罪に走るまでに、政治や社会はセーフティーネットを構築できたのか、あるいは構築する気があったのか？　つい最近になって厚労省は就職氷河期世代活躍支援プランを発表しましたが、完全に遅きに失した感があります。就職氷河期世代は既に四十代。今更支援してもらったところで生活の向上には時間がかかる。せめて十年前にすべき施策でした』

『それなら、やっぱり政治の責任という話じゃないですか』

『政治も、そして社会もロスジェネ世代の実情を知りながら今まで何ら支援しようとはしませんでした。政治や社会に責任転嫁をするつもりはありません。ただ、もっと前に支援の手を差し伸べてくれていたらと後悔しているだけです。真っ当な人間社会であれば弱者を救うための措置が為されるのは当然なんです。弱肉強食が是とされるのなら獣の世界と同じじゃありませんか。にも拘わらず、わたしたちが弱い者、声なき者の存在を顧《かえり》みなかったのは事実です。保身と冷笑がスタンダードになっていた印象さえあります。しかし傍観と冷笑がもたらすものは、いつも悲惨でしかない。健康な人間に病人の苦悩は分からないし、富裕層に貧者の恐怖は理解できない。そして今、そのツケを払わされているとしても何の不思議もない。善悪や正邪の問題は抜きにして、この社会が笹清容疑者や〈ロスト・ルサンチマン〉を生んだことは間違いないのですよ』

社会学者の発言が終わっても、しばらくは誰も口を開かなかった。

昼休憩を済ませて執務に戻った美晴は、つい不破の顔色を窺う。

ワイドショーでの社会学者の発言が耳にこびりついて離れない。

『善悪や正邪の問題は抜きにして、この社会が笹清容疑者や〈ロスト・ルサンチマン〉を生んだことは間違いないのですよ』

美晴にも腑《ふ》に落ちる説明だったが、不破はどう思うのだろうか。犯罪者を訴追する立場の者として、諸悪の根源が社会にあることを認めるのだろうか、それともやはり犯罪を引き起こすのは個人の内にある規範なのだと断罪するのだろうか。

美晴の葛藤《かっとう》をよそに、不破はいつもの無表情で捜査資料を読み込んでいる。事務官登用直後の美晴なら後先考えずに質問をぶつけていただろうが、さすがに今は口を開く前に熟考するくらいの配慮は弁《わきま》えている。思いつくままに訊いたところで不破は歯牙《しが》にもかけない。

切り出すタイミングを計っていると、卓上電話が鳴った。表示を見れば一階受付からだ。

『すみません。不破検事は在室でしょうか』

「いらっしゃいます」

『検事に面会希望です。アポイントはありませんが、大阪府警の帯津《おびつ》様が来られています』

初めて聞く名前だった。

「検事。大阪府警の帯津という方が面会希望で一階に来ているとのことです」

「来客の予定は聞いていていない」

「アポはないそうです」

「予定がなければ断れ。もうじき検事調べが始まる」

たとえ相手が誰であろうと筋の通らないものを承諾する不破ではない。美晴は来訪者に申し訳ないと思いながら受付に面会不可を伝える。

『あのう。帯津様が、いつなら面会できるのかとお伺いなのですが』

美晴は本日のスケジュールを確認してから不破に伺いを立てる。

「午後六時以降なら大丈夫だとお伝えください」

電話を切ってから、確認事項を一つ忘れたことに気がついた。

「検事は帯津という人をご存じなんですか」

「大阪府警警備部の部長だ」

相手の肩書を聞いて口が半開きになる。

大規模警察署の多くは、本部長が警備部出身だ。そうした背景もあり警備部長は事実上のナンバー2であるケースが多い。大阪府警の場合は本部長の下に副本部長が置かれているのでナンバー3

という位置づけだが、いずれにしろ府警本部首脳の一人には違いない。

そういう人物を約束がないからという理由で門前払いしてしまう不破は、やはり特異な存在と言わざるを得なかった。

美晴は思い込みが激しいので、警備部と聞けば秘密主義に凝《こ》り固まった陰湿な印象しか持ち合わせていない。何しろ警察庁警備局を頂点として警視庁公安部・道府県警察本部警備部・所轄警察署警備課で組織された公安警察だ。道府県警察の公安部門は警察庁の直接指揮下にあり、予算にしても国庫支弁となっている。言わば県警本部の中にあって独立した部門であり、美晴が彼らに持つうす暗い印象の所以でもある。

ところが帯津の第一印象はその先入観を大きく裏切るものだった。約束の午後六時ちょうどに再訪した帯津は人懐っこく穏やかに笑う男で、四六時中無表情で素っ気ない不破とはひどく対照的に映った。

「お忙しいところを申し訳ありませんね、不破検事」

開口一番、微笑《ほほえ》みながら皮肉をぶつけてきたので美晴は少々面食らった。どうやら帯津は見かけとは違う人物らしい。初対面でもないようだ。

「こちらこそ失礼しました。ちょうど検事調べの時間とかち合ってしまいました」

対する不破は表情がない分、全ての言葉が聞きようによっては皮肉になる。意識した皮肉と無意識の皮肉の対決という図式に、美晴は落ち着きを失いそうになる。

「お互い時間に余裕がないようなので早速本題に入らせていただきますが、笹清政市の調べはどこまで進んでいますか」

「まだ初件を終えたばかりです」

「笹清と〈ロスト・ルサンチマン〉との関係性は明らかになったのですか」

「まだ捜査中としか言えません。何らかの事実が判明すれば捜査本部にフィードバックしますよ」

「捜査本部の中に警備部は入っていません」

捜査本部の主体は刑事部なので、これは当然だ。そもそも警備部が刑事事件に関与するケースはあまりない。

「本日お伺いしたのは、〈ロスト・ルサンチマン〉に関する捜査情報をこちらの公安課と共有できないかという申し入れのためです」

「公安課。警備部では〈ロスト・ルサンチマン〉をテロリストの一人と考えているのですか」

「考えるまでもありません」

人懐っこい顔が下す断定口調はどこか不気味だった。

「アンホ爆弾の製造過程を公開するだけで立派に公安案件です。そんなものが広まれば、この国にテロリストが蔓延してしまう。現政権の転覆を目論む彼らにすれば願ってもない状況じゃありませんか」

「具体的にどこの組織の人間と考えているのですか」

警備部内の公安警察は共産党やカルト教団が一課、右翼団体担当が二課、そして極左暴力集団担当が三課とそれぞれ分担している。従って警備部が監視する対象で担当は変わってくる。

「現状、特定はしていません。ただ最近はカルト教団も鳴りを潜めているので二課か三課の担当になると思います」

「こちらの現状を申し上げれば、被疑者が公安警察の監視対象になりうるという確証はまだ何もありません」

不破の言葉はにべもない。

「現状がそうであっても、捜査が進むにつれて反社会的な政治信念の持ち主が何人か被疑者として浮上するはずです」

「根拠は」

「犯行態様そのものがテロリストのそれだからですよ。郵送した爆発物がどのタイミングで爆発するか、誰と誰を巻き込むのかも分からない。つまり特定の職員ではなく地検という組織を狙った犯行です」

「〈ロスト・ルサンチマン〉の犯行声明では笹清の即時釈放を求めています。犯行態様も要求の内容もテロリストじみていますが、だからといって反社会的組織の犯行と断じるには根拠が不足しています」

「しかし検事。組織の犯行または組織に属する者の犯行を否定する材料もありません。いずれにしても被疑者の絞り込みに、そうした危険分子の洗い出しは必要になるはずです」

帯津はここぞとばかりに身を乗り出してきた。

「公安課にはテロリストの予備軍と考えられる人物のリストがあります。思想背景、所属団体、爆弾製造知識の有無、過去の騒乱事件への関与、その他諸々の情報を一括管理しています。そのリスト、今回の捜査において提供してもいいと考えているんですよ」

美晴は意外の感に打たれる。公安警察の存在意義の一つは危険分子の情報収集だ。情報は完全に公安課の管理下にあり、同じ署内に流れることさえないらしい。その門外不出の情報を提供しようというのだから、公安課延いては警備部の本気度が窺える。

だが不破の態度には一向に変化がない。無表情に加え、感情の片鱗《へんりん》さえ見えない言葉には慣れた美晴でさえ不安を掻き立てられる。帯津の顔にもそろそろ焦燥の色が浮かび始めた。

「無論、公安課からの情報提供は事件の早期解決のためですが、我々の持つ情報で被疑者が特定されたのであれば、どのような工程で絞り込みができたのか、また被疑者の思想背景について聴取内容を共有したい」

親愛から連帯、連帯から交渉へと、帯津は不破の顔色を窺いながら巧みに口調を変化させていく。言葉の切り口が猫の目のように変わっても違和感がないのは、微笑みを絶やさないからだと気づく。では人懐っこい顔も仕草も最初から計算ずくのものであったということか。それとも生来の人当たりの良さから帯津独自の交渉術が練り上げられたのか。

ともあれ相手が不破ではあまり効力が見込めない。相対する者の反応を確認しながらの作業なら、無反応無表情の不破ではマネキン人形と対峙しているようなものだ。

「ただ、不破検事自ら滔々《とうとう》と我々に説明されたり、あるいは検面調書なり報告書なりを公安課に流すことには抵抗も地検内部からの批判もあるでしょう」

「あるでしょうね。残念ながら公安課は捜査本部に組み入れられていませんから」

「それなら被疑者を逮捕し、検事が取り調べをした後に我々に一時身柄を預けていただくというのはどうですか。こちらで訊きたいことを訊いたら、被疑者はすぐに検事にお返しします」

美晴は呆れる。情報提供などと協力を掲げながら、とどのつまりは不破が捕まえた被疑者を横から掻《か》っ攫《さら》い、公安課の利に供したいだけではないか。

言い換えれば、公安課からの情報がそれほどの価値と希少性を有しているという自負でもある。〈ロスト・ルサンチマン〉の特定が難航している現状、テロリスト予備軍の情報は是非とも入手したいところだ。

ところが不破の返答は予想通り且つ木で鼻をくくったものだった。

「二度もご足労いただきながら申し訳ありませんが、あなたの期待には添えません。捜査の進捗を無関係の部署にお知らせする義理もなければ被疑者をレンタルするような軽挙も諾《うべな》えない」

不破の言葉には憤怒や戒告の響きがまるでない。だからこそ取り付く島もない。さすがに帯津は笑うのをやめた。

「軽挙と仰いますか」

「司法機関が記録として残せないこと、世間に公表できないことは大抵が軽挙妄動の誹《そし》りを免れない」

ついでに不破の流儀にも反する、と美晴は胸の裡《うち》で呟く。

「記録として残せない、世間に公表できないというのは公安警察に対する皮肉ですか」

帯津はやや挑発的だが、元より不破は皮肉を挟むほどのウイットは持ち合わせていない。そんなことも知らない帯津は、初対面ではないにしろ不破と交渉した経験があまりないのだろう。

「これ以上、時間を費やすのは帯津さんにとっても無益でしょう。お引き取りください」

けんもほろろとはこのことだ。謝罪も労《ねぎら》いもせず、不破は事務的に言い放つ。こういう対応を繰り返しているから無駄に敵を作っている。少しは社交辞令も考えてほしいと思う。

「長居はご迷惑のようですから退散しますが、これで話し合いが終わった訳ではありませんので」

帯津は腰を上げながら諦めの悪いことを言う。人当たりの良さと、外見に似合わぬ執拗《しつよう》さがこの男の交渉術なのだと美晴は理解した。

「また来ます」

退出の言葉には粘着性すら感じられた。帯津の姿が消えた後、美晴は急に不安を覚える。

「本当に公安課からの申し出を断ってよかったんでしょうか」

不破はこちらと目を合わせようとしない。

「わたしの判断だ。事務官が気にする必要はない」

「でも、テロリスト予備軍の情報なんて刑事部では入手困難じゃないんですか」

「そんな情報は必要ない」

「どうしてですか。帯津さんの話じゃありませんけど、地検の爆破なんてどう見てもテロ行為ですよ」

すると、ようやく不破は美晴を一瞥した。

「あれはテロ行為とは言えない」

「そんなはずが」

「標的が選りに選って地検という司法施設だったから否応なく世間も君も、そして公安課さえもが目を曇らせている。だが、それは明らかに見当違いだ」

4

翌日、不破は美晴を伴って岸和田署に向かっていた。

「どうして岸和田署なんですか」

「逮捕直後の笹清の様子を知っている人間に話を聞きたい」

「員面調書がありますし、取り調べ時の映像も残っています。それを確認すればいいんじゃないでしょうか」

「調書に書いてあるのは取り調べ担当者が引き出した言葉だけだ。ビデオに映っているのは取り調べの間だけだ」

つまり記録に残っているもの以外を確認したいという趣旨だ。

岸和田署庁舎は四階建てで一つ一つの窓が大きい。採光が多過ぎるのか、ほとんどの窓はブラインドが下りている。

笹清の取り調べを担当した捜査員の名前は員面調書その他で成島貴一《きいち》巡査部長と緑川啓吾《けいご》巡査部長であるのが分かっている。受付で美晴が来意を告げると、応接室で数分待たされた。現れたのは中肉中背の二人組だ。

「まさか捜査担当の検事さんが所轄にお出《い》でになるとは思いませんでした」

先に口を開いたのは成島だった。三十代前半、どこか利かん気の抜けない面立ちで声には無駄に張りがある。一方の緑川は二十代後半と見え、成島の補佐役に徹しているのか挨拶はしたものの、主導権を相方に委ねている。

「捜査資料に何か不備でもありましたか」

「いえ。捜査資料には含まれなかった事柄をお訊きしたく参上しました」

「捜査資料にないことが、そんなに重要なんですか」

「笹清の起訴前鑑定を考えています。本人の取調室以外での言動をお聞かせください」

起訴前鑑定と聞いて、成島は合点がいったようだった。

「笹清が詐病《さびょう》を使う可能性があるんですか」

「どんな可能性もゼロではありません。逮捕直後の立ち居振る舞いについて事前に証言を集めておきたい」

小テーブルを挟むかたちで不破と美晴、その正面に成島と緑川が向かい合う。当初は当惑気味だった成島たちも来訪の意図を知ると一転、協力的な姿勢を見せる。

「白日《はくじつ》の下《もと》で発生した通り魔事件ですから、当然笹清の精神状態を疑いました。真っ当な神経の持ち主では起こしようのない事件だったので、それなりに警戒はしたんです。しかし身柄を確保してみればフツーのヤツで、抵抗らしい抵抗もしない。正直、拍子抜けの気分でした」

「辻褄《つじつま》の合わないことを口走ったり暴れたりということはなかったのですか」

「一切ありませんね。犯行にしてもクルマから降りて手にかけたのは自分よりも弱そうな女子供だけなので、まあおとなしいもんでした。供述ではひたすら世間への恨み辛《つら》みを並べ立てていましたけど、決して異常な点は見受けられませんでした」

美晴は心中で頷いてみる。供述で成島が得た感触は、初件の際に美晴が受けた印象に重なる。

「犯行動機については納得できましたか」

「よくある話だとは思いました。ドロップアウトして実社会の隅で縮こまっているヤツが弱い者を傷つけて憂さ晴らしをしている」

言葉の端々から笹清に対する憤怒が聞き取れる。当然だろうと美晴は思う。司法に携わる者として私情を挟むのは禁物だが、割り切っていられないほど岸和田駅での犯行は卑劣で残虐だった。

「記録係はあなたでしたね」

不破は緑川に視線を向ける。

「員面調書を拝見しました。笹清の語る事実のみが淡々と記録されていました」

「供述のみを記録するのが仕事ですから」

「被害者に女性や子どもが含まれる許し難い犯罪です。いくら客観的な調書を作成しようとしても、そこには自《おの》ずから取り調べる側の感情が介在する」

これも日頃から供述調書を読み慣れている美晴には頷ける。調書は被疑者が事実を述べる形式になっているものの、そこに記録者の恣《し》意《い》や明け透けな感情を挿入することでいくらでも心証を操作できる。従って員面調書は被疑者および犯行の悪辣さが強調されるきらいがあり、だからこそ法廷ではより客観的とされる検面調書が採用されるのだ。

だが緑川の作成した調書は見事なまでに取り調べる側の恣意が感じられなかった。徹頭徹尾冷静に事実のみが記されており、そのまま検面調書として採用してもいいと思えるほどの内容だった。

「あれだけ自制の利いた調書を読んだのは久しぶりでした」

「ああいう事件の取り調べでは、よほど冷静にしなければと念じました」

緑川は絞り出すように言う。

「我々は七人の被害者とその遺族から笹清に相応の償《つぐな》いをさせるように託されています。ヤツを極刑にするには、初動捜査でいかなる遺漏も誇張もあってはならない……そう銘じて必死に自分を抑えました」

「員面調書の見本のような内容でした。お蔭で検察の手間が省ける。緑川さんから見て、笹清は正常な判断力の下に犯行を繰り広げたと思いますか」

「笹清は、どうすればより多くの人間を殺害できるかを冷静に計算し、着実に計画を実行していきます。責任能力のない人間にそんな計算ができるはずがありません。ヤツは取調室に連行される途中でも薄笑いを浮かべ、自分の殺害した被害者が七人であることを聞いて悦《えつ》に入《い》っていました。犯行態様はともかく、笹清政市は紛れもなく正常な判断の下で殺人を犯しています。責任能力は、あります」

美晴はほっと安堵する。二人の捜査員の言葉は真意とみて間違いなさそうだ。笹清が犯行時から逮捕、連行され、取り調べを受けている間も、責任能力を有していたことの傍証になり得る。起訴前鑑定の結果がどうなるかはまだ分からないが、二人が法廷で証言すれば必ず検察側の有利に働く。

不破も同じ確信に至ったのか一度だけ頷いてみせた。

「時間を取らせて申し訳ない。お二人の話を聞くことができてよかった」

「これでわたしたちはお役御免ですか」

「いえ。成島さんたちには法廷で証言をお願いするかもしれません。その際はよろしくお願いします」

用は済んだとばかり、不破は腰を上げると二人が立ち上がるのを待たずに部屋から出ていこうとする。成島と緑川が慌てて頭を下げるが一顧だにしない。

こういう時の後始末は事務官である美晴の仕事だ。二人に詫《わ》びながら不破の後を追う。追いついたのは応接室を出てからだった。

「これで笹清の責任能力に関して補完材料ができましたね」

勢い込んで言ってみたが、不破は何ら反応しない。それでも否定されなければ少なくとも間違いではないだろう。

だが一拍置いて意外な言葉が返ってきた。

「まだ足りない」

「え」

「二人から話を聞いて、ますます足りなくなった」

いったい成島と緑川の話で何が不足していたのか。美晴は記憶を巡らせてみるがさっぱり見当もつかない。

こんな時、質問を重ねたところで不破が丁寧に説明してくれるはずもなく、美晴はその背中を懸命に追うしかなかった。

次に不破たちが向かったのは笹清が勾留されている府警本部だった。午後から本部内の別室で簡易鑑定を実施することになり、不破たちが立ち会う予定になっている。

起訴前鑑定とは字の如《ごと》く、検察官の依頼により起訴前に精神科医が行う精神鑑定だ。検察官はこの鑑定結果を踏まえて起訴するかどうかの判断を下す。

また起訴前鑑定は簡易鑑定と本鑑定に分類される。簡易鑑定は被疑者の同意を必要とする任意捜査の一環であり診察は一回のみ、しかも数日以内に鑑定書が提出される。対して本鑑定は刑事訴訟法二百二十五条に基づく鑑定許可を裁判所から得て行われるが、こちらは鑑定に数カ月を要する。現状、起訴前鑑定は簡易鑑定が九割以上を占めている。

鑑定の場所となる別室には既に鑑定医が待機していた。

「やあ、不破検事」

親しげに片手を挙げたのは旧知の間柄の御手洗《みたらい》医師だ。以前にも何件かの鑑定を依頼しており、美晴も顔馴染みになっている。

「お疲れ様です」

「真っ昼間から疲れとりゃせんよ。医者が疲れるほど働くなんざ碌な世の中じゃない」

御手洗は皮肉めかして笑ってみせる。何事も深刻ぶらずに笑い飛ばすのが御手洗医師の身上だった。

「それにしてもわたしが笹清政市の精神鑑定をする羽目になるとはな。検事から依頼を聞いた時にはちょっと身構えた」

「今更、御手洗先生が緊張するんですか」

「緊張じゃない。こういう重大事件なら何かの拍子にわたしにテレビ局のカメラやマイクが突き付けられんとも限らんからね」

本気とも冗談ともつかぬことを言いながら、御手洗医師はまぜっ返す。

しばらくすると警官に連行されて笹清が部屋に入ってきた。精神科医が相手と知っているからか初件の際よりも神妙な態度に見える。

「では早速始めるとしましょう」

御手洗医師の宣言を合図に不破と美晴は中座する。検察官がいることで笹清が徒《いたずら》に緊張しないようにするための配慮だった。不破たちは部屋の外で御手洗医師の診察が終わるまで待つしかない。

もっとも簡易鑑定の場合、鑑定医が留意すべき点は大方決まっている。
1　どのような動機で犯行に至ったのか。その動機はたとえば妄想のような不合理で理解不能なものなのか。現実の確執、利害関係、欲求充足など理解可能な要因が含まれていないか。
2　犯行に計画性があるか。その計画の緻密さはどの程度で現実的と言えるかどうか。計画性がなければ突発的、偶発的、衝動的なものだったか。
3　犯行を違法で反道徳的なものと認識していたかどうか。たとえば被害妄想の延長で、誤った現実認識の上、自らの行為を正当防衛と捉えていたか。
4　犯行当時、自らの精神状態をどのように理解していたか。精神障害による免責の可能性を認識していたか。
5　正常な状態における本人の人格が犯行態様と親和性があるか、それとも異質なものであるか。
6　犯行の目的を実現するために、行動に一貫性があったか。犯行の意図が不明確で衝動的・偶発的な行動の結果、犯行が突出していないか。
7　犯行後に逃走や証拠隠滅など自己を防御する行動に出ていないか。被害者の救助や危機回避行動を取ったか取らなかったのか。

以上七項目を判断するために鑑定医は質問を繰り返す。悪知恵の働く者、あるいは往生際の悪い者は質疑応答の過程で精神異常を騙《かた》ろうと目論むが、鑑定医は付け焼き刃の演技力や詐話術が通用する相手ではない。

無言のまま待ち続けていると、次第に沈黙が重く感じられてきた。

「笹清はまともに精神鑑定を受けるつもりでしょうか」

抱いていた疑いをつい口にする。

「偽装で御手洗先生を惑わせるんじゃないでしょうか」

「関係ない」

不破の返事はひどく素っ気ない。

「関係ないって、そんな」

しばらく待っていると部屋のドアが開き、警官に連れられて笹清が出てきた。一瞬、美晴に薄笑いを浮かべて前を通り過ぎていく。背中に立ち上ってくる薄気味悪さで、美晴は思わず顔を顰めそうになる。

不破の方は笹清を目で追うことすらせず、部屋へと戻っていく。中では御手洗医師が書類をとんとんと揃えているところだった。

「お待たせしたかな」

「いいえ」

「鑑定書は明日にでも提出する」

「明日の提出が可能ということは、既に結論が出ているのですね」

「笹清は最初の質問から頓珍漢《とんちんかん》な回答を始めた」

　不安が的中した。

「話に一貫性がなく、主張も支離滅裂。質問とはまるで関係のないことを答える」

「先生はどう判断されましたか」

「最初はなかなかに興味深かったが、四問目の質問から退屈になった。六問目からは苦痛になった。八問目からは拷問だ」

「精神異常を装っていましたか」

「もう少し上手《うま》く演じてくれんとな。去年わたしの次男坊が学芸会で主役を張ったが、あの男よりずっとマシだった。あんな素人芝居を観ていられるのは五分が限界だ」

　御手洗医師はほとほと呆れたというように倦んだ顔をする。

「健常者の考える異常者とでも言うのかな。一貫性のなさも支離滅裂さも凡庸なパターンから一歩も出ていない。不破検事なら分かるだろうが、精神の崩壊はそれほど劇的なものじゃない。ボタンの掛け違いのように論理が整然としたままずれていく。半可通が真似できるものじゃない」

「真似をしようとする努力は垣間見えたのですね」

「安心しろ、不破検事。笹清は額に入れて飾っておきたいほど正常だ。まともな鑑定医なら十人が十人とも責任能力ありと判断するだろう」

三　無道の罪業

1

四月二十三日午前十時、堺市《さかいし》堺区南瓦町《みなみかわらまち》二－二九、大阪地検堺支部。

事務局で受領手続きを済ませた香椎《かしい》は、郵送物をひとまとめにしてX線観察装置横に置いた。先週レンタル業者から搬入されてきた〈FX-3000at〉の型番を持つ装置で筐体《きょうたい》には窓がついており、フラットパネルにX線照射の画像が表示される仕組みだ。可燃性物質や電子部品を感知するとランプが点灯しブザーが鳴るように設定してある。

香椎は郵送物を一つずつ筐体の中に入れて危険物が封入されていないかを慎重に確認する。気分はすっかり手荷物検査所の空港保安検査員だ。

地検事務局にX線観察装置が設置された理由は、言わずと知れた大阪地検爆破事件を受けての対応だった。大阪地検ならびに岸和田支部と堺支部は言うに及ばず、京都地検、神戸地検、奈良地検、大津《おおつ》地検、和歌山地検と大阪高検管区内の地検と支部には全てX線観察装置が備え付けられたのだ。

レンタルといえど決して安価ではないのだが、職員の生命と業務の安定的な継続を考えれば致し方ない対応だった。お蔭で以前は単純作業に過ぎなかった郵送物の分別が、交代制の重要作業になってしまった。

総務課長の説明では〈ロスト・ルサンチマン〉事件が解決すれば装置を返却する見込みとのことだったが、香椎は眉唾《まゆつば》だと思っている。おそらく〈ロスト・ルサンチマン〉が逮捕されたとしてもX線観察装置による郵送物チェックは撤廃されないだろう。一度根付いてしまったシステムは新たな問題が発生しない限り、そう簡単に解消されない。役所というのは、とかく変更を嫌う。たとえ臨時であっても、新しいマニュアルができればそれがスタンダードになる。

この有様をユーチューブなどで動画投稿すれば、市民から税金の無駄遣いと罵倒《ばとう》されるのだろうか、それとも必要経費として認められるのだろうか。

そもそも〈ロスト・ルサンチマン〉なる者のテロ行為で仕事が増えてしまうのは、香椎自身がX線観察装置の導入に複雑な思いを抱いているからだ。己がレンタル料を払う訳でもないのにそんなことを考えてしまうのが納得できない。たった一人の不心得者のために潤沢ではない予算が、本来必要ではない部分に費やされる。職員の業務も圧迫されるのでいいことは一つもない。

いずれ〈ロスト・ルサンチマン〉が逮捕される時がくるだろう。その際は大阪高検管区内の地検と支部がテロ対策にかけた費用の一切合財を本人に請求するべきだと思う。以前威力業務妨害と信用毀損《きそん》で起訴された迷惑ユーチューバーの例を持ち出すまでもなく、社会や組織にかけた金銭的損失・社会的損失もまとめて民事で訴えて、残りの人生全てを贖罪《しょくざい》と賠償金の返済に充てさせるべきだ――。

香椎がつらつらと考えているその時だった。

突然、X線観察装置の警報が鳴り響いた。

慌ててパネルを眺める。郵送物の中に赤く灯《とも》る部分がある。電子部品のようだが輪郭だけで正体は摑めない。しかし中身が尋常ならざるものであるのは明らかだ。

香椎は慌てて卓上電話に飛びつき、警備の人間を呼んだ。同じフロアにいる者に不審物の存在を告げると、職員一同はクモの子を散らすように避難していった。

数分も経たずに警備員が到着し、避難誘導を開始する。館内放送が聞こえてきたのはその直後だった。

『庁舎一階フロアにおいて不審物が発見されました。館内の全職員はマニュアルに従って速《すみ》やかに退去してください。繰り返します。庁舎一階フロアにおいて不審物が発見されました。館内の全職員はマニュアルに従って速やかに退去してください』

マニュアルの内容は緊急時の各階フロア責任者を決めておき、その責任者の先導で避難するというものだ。十四日に発生した大阪地検爆破事件の衝撃がまだ生々しいためか、職員全員が粛々と指示に従う。お蔭で全職員が避難を完了するのに十分を要しなかった。

避難完了に前後して堺署から警察官たちが駆けつけ、庁舎周辺の避難誘導を始める。爆発の規模が不明であるため、取りあえず合同庁舎を中心とした半径百メートルを退避地域と定めた模様だ。

堺支部の職員たちとは異なり、近隣住民の避難は混乱を極めたらしい。らしいというのは、香椎が退避した先で興奮した住民の声が聞こえてきたからだ。

「ウチは料金後払いなんだよ。食い逃げされたら警察が責任取ってくれるんか」

「店、空けてきたけど、商品盗まれへんやろか」

西高野《にしこうや》街道を挟んだ向こう側はコンビニエンスストア他の小規模店舗が軒を連ねている。店員は来店客の誘導を含め一時的に店舗を閉める必要もあり、一部では小競り合いもあったようだった。

「何で避難せんとあかんの」

「合同庁舎から離れえ言われた」

「アレや。大阪地検みたく爆弾仕掛けられたん違うか」

パトカーがスピーカーで避難を勧告すると、そうこうするうち爆発物処理班も到着し、X線観察装置の中身が取り出される運びとなった。香椎以下の地検支部職員は安全地帯で推移を見守るしかない。

大阪地検からの通達によれば当該爆発物はアンホ爆弾であり、タイマーを遠隔操作するタイプらしい。従っていつ爆発しても不思議ではなく、香椎の呼吸は自ずと浅くなる。集まった野次馬たちの中には期待と好奇心で目の色を変えている者もいるが、とんでもない話だと思う。

この国でテロ行為が行われようとしているのだ。それを何故、面白半分で見ていられるのか。

時間がひどくゆっくり流れていくように感じる。早く処理してくれと祈るような気持ちで待ち続ける。

そのうち合同庁舎のある方向から、ぱんっとタイヤのパンクに似た音が聞こえてきた。

まさか今のが爆発音だったのか。いささか白けた気持ちで次の動きを待っていると、巡回していたパトカーが避難解除を告げた。香椎たち地検支部の職員たちはおっかなびっくりで合同庁舎へ引き返す。

戻ってみると庁舎自体には何の損傷もなかったが、X線観察装置が原形を止めないほどに破壊されていた。装置だけではない。周囲にあったオフィス家具のほとんどが転倒し、破損の憂き目に遭っている。警察官の説明によれば、爆発物処理班が筐体から中身を取り出す寸前に爆発したらしい。

「それでも事前に爆発物であることが分かっていたので被害は最小限で済みました。人的被害はゼロですからね」

爆発物処理班の一人はそう言って香椎たちを慰めたが、フロアは当分使用できそうになかった。

問題の爆発物はX線観察装置を道連れに吹き飛んでしまったものの、梱包《こんぽう》状態と中身に関してはX線照射時のデータが装置の中のハードディスクに記録されていた。小さめの弁当箱ほどの大きさで、宛先は印字で記載されていた。鑑識によればアンホ爆薬にIC555タイマーを組み合わせた爆弾であり、大阪地検爆破事件で使用されたものと同一と判断された。

送り主名の記載もあったが、こちらは架空の住所と氏名であるのがすぐに指摘された。送付されたのは宅配業者の堺宿院《さかいしゆくいん》営業所からだったが、営業所に直接持ち込まれたものであり、防犯カメラも設置されていないために受け付けた社員の記憶に頼らざるを得なかった。

ところが当該社員の証言はひどく心許ない内容だった。

「すみません。営業所持ち込みの荷だけで一日数十件と受け付けるんです。とてもお客さん一人一人の顔は憶えていませんよ」

香椎に〈ロスト・ルサンチマン〉の恐怖が甦る。だがアンホ爆弾の材料は〈ロスト・ルサンチマン〉がSNSで公開したばかりではなく、夥しい数のフォロワーたちが実作や爆破実験をしているので本人が送り付けたものかどうかは判然としない。

同じ爆発物であるにも拘わらず実行犯が特定できないという状況に、香椎は戦慄《せんりつ》する。もはや〈ロスト・ルサンチマン〉は一個人の名前ではなく、世の中に不平不満を持つ者全ての総称になったような気がしたからだ。

ところが数日してから〈ロスト・ルサンチマン〉が例の如くマスコミ各社に向けて犯行声明を出してきた。

『堺支部の慎重な措置に敬意を表する。お蔭で爆弾を一つ無駄にした。次はまた成功させる』

＊

四月二十五日午前十時、岸和田市上野町《かみのちょう》東二四－一〇、大阪地検岸和田支部。

「ったく」

どうして俺がこんな雑用をしなきゃならない。総務課の西浦《にしうら》は内心で毒づきながら郵送物の受領手続きを進めていた。

今月十四日の大阪地検、同二十三日の堺支部と郵送物による爆弾事件が連続している。地検支部には、いっそ郵送物の受付は警察官に代行してもらうべきとの声もあったが、岸和田署は笹清政市の事件のみならず〈ロスト・ルサンチマン〉の事件でも人員を割《さ》かれている。警備の必要性は理解しつつも現状では困難との回答が返ってきた。

一般職員を危険に晒せるはずもなく、郵送物の受領手続きは西浦の仕事となった。噂では堺支部でも同様の経緯があったというから、結局役所というのはどこも同じ考えなのだと痛感する。面倒な仕事は最終的にここへ放り出される。日頃から憂き目に遭っている中間管理職の悲哀ここにあり。

以前ならものの三十分ほどで終わっていた郵送物の仕分けが、今は二時間も要する。X線観察装置での透視以前に、郵送物の寸法と重量を測る規則が新たに付け加えられたからだ。X線観察装置では計測できない部分を人間の手で行う訳だ。これが後日の捜査でどう役立つのかは分からないが、地検支部と岸和田署との取り決めなので西浦が口を挟む余地はない。

「ったく」

危険な仕事であり、西浦は防弾チョッキを着用している。一方で、郵送物チェックはフロアの隅でさせられている。まるで何かの罰ゲームだ。愚痴の一つでもこぼさなければやっていられない。

臨時に押し付けられた仕事だが、別途危険手当とかは支給されるのだろうか。西浦は努めて卑近なことに頭を巡らせる。日常は非日常に勝る。恐怖を紛らわせるには卑近な話の方がいい。

そんな時、傍らの卓上電話が鳴った。表示された番号は総務からの内線であることを告げる。

「はい、西浦」

『課長、外線です』

「どこから」

『郵送物受け取り係の人に繋いでくれって。名前を訊いても答えてくれないんです』

声の様子から押し問答を続けたらしき様子が窺える。

「じゃあ繋いで」

『お願いします』

一拍の沈黙の後、外線が繋がる。

『もしもし』

「代わりました。こちら郵送物係です」

『ああ、よかった。受付で散々待たされたんで気が気やなかった』

電話の主は若い男のようだった。

『これで間に合わなかったら、受付の女は厳罰もんでしょう』

「ご用件をどうぞ」

『えっと、今、郵送物を受け取っている最中ですかね』

「ご用件をどうぞ」

『多分、本日中に到着するはずなんですけど、おたくに爆弾を送りましたから』

一瞬、聞き間違いかと思った。

「もう一度言ってください」

『大阪地検、岸和田支部に、爆弾を、送りました』

イタズラ電話だという判断と、まさかという疑念が同時に湧き起こる。

「イタズラ電話なら切ります」

『イタズラ電話だと思うんはあんたの勝手やけど、人の親切心は無下《むげ》にしたらあきませんよお』

こちらを小馬鹿にしたような物言いが引っ掛かるが、それどころではない。

「イタズラ電話じゃないという保証がどこにあるんですか」

『だ、か、ら。イタズラ電話だと思うてるんなら、それでええやん。一応、忠告はしたからね』

電話は一方的に切れた。

瞬時にして恐怖と緊張が疑念を粉砕する。西浦は折り返し電話で総務を呼び出す。

「たった今、爆破予告があった」

『え』

「た、直ちに岸和田警察に連絡。館内放送で全職員を退避させてください」

明確に伝えようとしたが、少し嚙《か》んでしまった。仕方がない。長年支部に奉職しているが、こんなことは生涯に一度あるかないかだろう。

西浦は必要事項を伝達すると、すぐにその場を離れた。現場保存に努め、余分なことは一切しない。それも岸和田署との取り決めだった。

数分後に岸和田署の警官隊が、少し遅れて府警本部の爆発物処理班が到着した。西浦たち職員は一ブロック離れた場所から彼らの活動を見守る。その詳細を具《つぶさ》に観察することはできないまでも、異状が発見され次第すぐに連絡がくる手筈《てはず》になっている。

堺支部の事件では爆発物処理の作業中に郵送物が爆発したらしい。では今回も、こうして退避しているうちに爆発音が轟《とどろ》くのだろうか。

焦燥に駆られながらその瞬間を待つ。

だが、いつまで経っても爆発音は聞こえてこない。

小一時間も経過した頃、ようやく連絡がきた。

『異状は見当たりません。避難解除してください』

避難解除だと。

いささか拍子抜けして庁舎に戻ってみるが、なるほど何も破損は見当たらない。岸和田署の警察官と爆発物処理班が所在なげに立ち尽くしているだけだ。

「郵送物の中身を全て確認しましたが、危険物は発見できませんでした」

まるで自分が責められているようで、西浦は必死に抗弁する。

「爆弾を送ったという予告電話があって」

「担がれましたね。しかし実害がなくて何よりです」

返事を聞くと、西浦は急激に全身から力が抜けていくのを感じた。自分でも知らぬ間に張り詰めていたらしい。

人騒がせな、という声が関係者たちの間から聞こえてくる。もちろんイタズラ電話の主に対する言葉なのだが、西浦には自分に浴びせられた罵倒のように聞こえないこともない。

その後、岸和田署の捜査で件の電話の主らしき人物がSNSに投稿していることが判明した。

『四月二十五日、大阪地検岸和田支部を木っ端微塵に爆破してやります』

『我々は〈ロスト・ルサンチマン〉の同志です。笹清政市くんを悪辣な司法の手から守ろう！』

『ロスジェネ世代を冷遇した世の中に鉄槌《てっつい》を！』

投稿主は〈ロスト・ルサンチマン・ネオ〉と名乗っていた。ネットに不穏な言説を吐き散らかす者は少なくないが、岸和田署が注目したのは四月二十五日、という日付だった。イタズラ電話がきた日と同日であり、偶然の一致で済ませるにはピンポイントに過ぎた。

直ちに〈ロスト・ルサンチマン・ネオ〉の洗い出しが始まる。事は威力業務妨害に止まらずテロリズムの危険さえ孕《はら》んでいる。事件の重大性を考慮してか、岸和田署の開示請求に対しプロバイダーの対応も迅速だった。

一週間後という異例の早さで〈ロスト・ルサンチマン・ネオ〉が特定された。本家とは違い、海外サーバを経由していなかったためにＩＰアドレスの追跡が容易だったからだ。

「本当に庁舎を爆破するつもりなんてなかったんです」

逮捕されたのは岸和田市内在住の無職、袴田伸也《はかまだしんや》四十六歳。大阪地検や堺支部の爆破事件に便乗して世間を騒がせたかったと言う。

「せやけど、そうでもしなきゃ誰も俺のことを注目してくれんやないですか。無職のアラフィフが他にどうやって目立て言うんですか」

世間の注目を浴びたかった、世の中にひと泡吹かせてやりたかった。

根底にある動機は笹清と似たものだったが、ＳＮＳへの投稿とイタズラ電話に止まった点で、〈ロスト・ルサンチマン〉の劣化コピーという印象は否めない。取り調べにあたった捜査員がそう告げると、袴田は大層悔しがったという。

こんな犯罪行為において尚、自己顕示欲を発揮したいのか。袴田の自供内容を伝え聞いた西浦は暗澹《あんたん》たる気持ちになる。

＊

美晴はさほど勘のいい部類ではないが、それでもたまに予感が的中することがある。ただし、大抵は不安めいたものだ。

岸和田支部にイタズラ電話をかけた袴田が逮捕されて間がないというのに、大阪高検管区内のみならず全国の地検で類似の事件が頻発していた。

五月二日、枚方《ひらかた》区検察庁宛てに〈ロスト・ルサンチマン〉を差出人とする郵送物が届く。一報を受けた枚方署が急行するも、中身はただの肥料をナイロン詰めにしたものだった。だが中身が明らかになるまでの約六時間、区検の業務は中断を余儀なくされ、枚方区検は被疑者不明のまま威力業務妨害として被害届を提出した。

五月三日、京都地検に『合同庁舎前にアンホ爆弾を仕掛けた』との電話が入る。京都府警が出動し庁舎周辺を隈《くま》なく捜索したが半日かけても不審物を発見できず、結局件の電話はイタズラと判断された。京都地検は同日のうちに被害届を提出した。

五月六日、広島地検に〈ロスト・ルサンチマン〉を名乗る男が出頭してきた。警備員が一階フロアで上階への侵入を阻止すると、男は「自分は着衣の下にアンホ爆弾数発を携帯している」と威嚇した。その瞬間、職員の機転でエレベーターは強制的に停止させられ、階上に向かう階段にはバリケードが築かれた。かくて男は一階フロアに籠城《ろうじょう》する羽目《はめ》となり、これを排除せんとする広島県警との睨み合いが始まった。

二階以上のフロアではまだ職員が退避しておらず、警察は安易に手が出せない。男が言葉通りアンホ爆弾を数発携帯しているのであれば、建物ごと吹き飛ばされる惧れがあるからだ。

間もなく男の身元が判明する。広島市内在住の須磨謙治《すまけんじ》四十五歳、無職。両親と同居していることから警察は須磨の母親を介して説得を試みるが、これは息子を「穀潰《ごくつぶ》し」と罵《ののし》る母親自身によって失敗に終わる。

母親の説得が裏目に出て、須磨は自暴自棄の発言が目立つようになる。階上フロアに取り残された職員の中には体調不良を訴える者も出てきた。籠城から八時間、遂に警察は機動隊による強行突入を決行する。閃光弾《せんこう》と催涙《さいるい》弾を一階フロアに撃ち込み、須磨が怯《ひる》んだ隙に突入し、その身柄を確保した。捕えてみれば須磨はアンホ爆弾どころか丸腰に近い装備だった。

「俺はここにいるんだって証明したかったんだよ。無職で、親と同居していて、誰からも認められなくても、世間を敵に回して闘えることを証明したかったんだよ」

五月七日、名古屋地検。前日の広島地検籠城事件に触発されたのか、広畑孝志《ひろはたたかし》四十五歳がアンホ爆弾を抱えて検事正の部屋に向かおうとしたが、途中で警備の人間に取り押さえられた。驚くべきことにアンホ爆弾は本物で、広畑がスイッチを押せばそのまま爆発する仕組みになっていた。惨事を免れたのは偏《ひとえ》に広畑が最後の決断を鈍らせたからに過ぎない。

「検事正を人質にすれば、笹清政市を釈放させられると思った。俺たちでも、社会から見放された俺たちでも法や秩序を曲げられるんだと思い知らせてやりたかったんだ」

その他、各地の地検にもイタズラ電話の類が頻発している。数が多く、また大した被害が出ていないケースは表沙汰にならないだけの話だ。各高検が集計すれば結構な数になるのは請け合いだった。

世の中には、こんなにも社会を恨んでいる者がいるのか。

感覚として知ったつもりでいたが、いざ現実に事件が起きてみると、その負の妄執《もうしゅう》さに背筋が寒くなる。

「やっぱり〈ロスト・ルサンチマン〉に続く者が現れました」

美晴が切羽詰まったように告げても、捜査資料を読み込んでいる不破は眉一つ動かさない。

「ロスジェネ世代の中で、笹清政市や〈ロスト・ルサンチマン〉に共感を抱いた人間は他にもいるはずです。もし彼らが同時多発的に司法機関にテロを仕掛けてくるようなことがあれば、いくら警察の機動力をもってしても護りきれるかどうか分かりません」

「資料を読んでいる最中だ。静かにしろ」

「でも」

「被害妄想だ」

「わたしが、ですか」

「ありもしないこと、起こりそうにないことに怯えるのが被害妄想でなくて何だと言うんだ」

「妄想じゃありません」

こんな事態になって尚、不破は泰然自若《たいぜんじじゃく》としている。冷静沈着にも限度がある。今は緊急時ではないか。

「現に何件も地検に被害が出ています。早く〈ロスト・ルサンチマン〉を捕まえないと」

「爆弾犯を捕まえなければならないのは道理だが、妄想に囚われていると足を掬《すく》われる。前にも言った。世代などという胡乱《うろん》な認識で人を括るな。同じ時代にあっても感じ方は千差万別だ。感じ方が違えば当然行動も違ってくる」

「しかし実際に被害が」

「重大事件が発生すれば、模倣犯便乗犯の類が出るのは世の常だ。過去には人気アイドルがビルから飛び降りると、ファンの何人かが後追い自殺した例だってある。各地の地検で事件を起こしている者たちも一緒だ。ただ身近で起きているから尚更危急に思えるだけだ」

「検事や職員を巻き込んだ破壊行為です。アイドルの後追い自殺とは違います」

「違わない。破壊衝動を自分に向けるか他人に向けるかの違いだけだ。事件にしても頻発しているように見えるが、個々は独立している」

「どうしても、検事はこれがロスジェネ世代の犯罪とは考えないのですね」

「もし、これが世代そのものの反乱とでもいうのなら、彼らは徒党を組むはずだと考えないのか」

美晴は返事に窮する。今まで彼らが集団になるという考えは全く頭になかった。

「個別に行動するよりも組織的に動いた方が効率的で、しかも大きな成果が望める。小学生にだって分かる理屈を、四十を超えた成人が理解できないはずがない。それにも拘わらず徒党を組んでいないのは、結局彼らが個人単位でしか動けないことの証左だ。相手が組織ではなく独立した一兵卒たちなら、その都度対処していけばいい」

いつもながら不破の言説には一切の感情がない。恐れや期待は微塵もなく、論理だけが厳然と屹《きっ》立《りつ》している。

「ある一定の期間に同じグループの犯罪が目立つというだけで特別な対応や立法をすれば、必ず禍根を残す。木を見て森を見ずというが、その逆も決して正しいとは言いきれない。今度の騒動で肩身を狭くしている同世代の人間たちが大勢存在する。それを決して忘れてはならない」

不破の言葉を聞いているうちに焦燥が薄らいでいく。昂《たかぶ》り始めた感情に冷水を浴びせられたような気分だ。

美晴は送検された資料の照合作業に戻る。日常業務に塗れていると、不安は更に遠のく。我ながら呆れるほどの単純さだと思った。

2

不破はともかく、相次ぐロスジェネ世代のテロ事件に手を焼いたのは地検関係者だけではない。威力業務妨害が絡んでくれば当然警察の出番であり、事件が頻発すればその都度捜査員を駆り出さなければならない。地検が直接的被害なら、警察は間接的被害に悩まされる。

不破が菅野刑事部長の訪問を受けたのは五月十日のことだった。

「現状、どれが〈ロスト・ルサンチマン〉の犯行なのか区別するだけでもひと苦労ですよ」

不破が呼びつけた訳でもないのに、菅野は捜査の進み方が捗々《はかばか》しくない旨を自ら報告しにきた。

「類似の事件が頻発しているのはその通りですが」

不破はいつもの能面を微塵も崩さない。

「〈ロスト・ルサンチマン〉は自身の犯行である場合、声明を出しています。確証とまでは言えずとも区別くらいはできます」

「しかし、確証を得ないことには軽々に捜査を切り上げることもできません。とにかく一刻も早く〈ロスト・ルサンチマン〉の素性を特定しなければならないのですが、検事に具体的な策はありますか」

美晴も面食らったが、菅野の顔色を眺めているうちに合点がいった。これは〈ロスト・ルサンチマン〉の捜査責任者である不破に対する婉曲《えんきょく》的な当てこすりだった。捜査が暗礁《あんしょう》に乗り上げればその責《せめ》は捜査本部長や刑事部長に帰するところだが、不破に押っ被せるつもりなのが透けて見える。

「現状、大阪高検管区内は言うに及ばず、全国の地検からテロ対策の警備を要請されています。他ならぬ地検からの要請とあっては拒絶することもできず、人員を割かれています」

地検の警備に人を取られるという問題自体は理解できる。被害は全国の地検に及んでいるが、集中しているのは大阪高検管区内だ。警護の要請も他の高検管区内より多くなるのは自明の理だ。

「お蔭で捜査に増員が叶いません。検事に何か突破口があればご教示願いたいところです」

口調は慇懃無礼そのもので、ご教示願いたいと言いながら不破に妙案などないと決めつけているようだ。美晴は嫌味のひとつも返してやりたくなったが、不破の手前沈黙を守らざるを得ない。

「IPアドレスの追跡は継続していますか」

「継続してはいますが、なにぶん複数の海外サーバを経由しているので」

「時間はかかるでしょうが、辿っていけば最終的には特定できるはずです。人員が割けないという事情は理解しますが、元より警備関係の捜査員に期待していた訳ではありません。現状の人員を効率よく配置してください」

菅野の慇懃無礼に対し、不破は原理原則を貫く。司法は原理原則が根底にあるので、この場合は不破の弁に分がある。

「捜査本部を立ち上げた時点で絶えず人員配置を考えています」

菅野も負けじと言い返す。

「それでも尚、IPアドレスの追跡には時間を要します。その間にも笹清政市や〈ロスト・ルサンチマン〉の賛同者たちが各地で事件を引き起こす。地道な捜査は当然として、やはり突破口がほしい。何なら捜査会議に参加いただいて、捜査員一同に発破をかけてもらうのもいいでしょう」

「捜査会議への参加は考えていません。そもそも捜査会議は情報共有の場であって、わたしが入手している情報は、とうに捜査員全員が把握しているはずです」

「捜査員の士気を喚起する場でもあります」

「府警本部には、いちいち尻を叩かなければ満足に働けない捜査員がいるのですか」

たとえ不破にその気がなくても痛烈な皮肉に聞こえる。案の定、菅野は一瞬だけ不快感に顔を顰めた。

「大阪府警はいつでもどの部署でも精鋭揃いです」

「それはよかった」

もはや皮肉にしか聞こえない。傍にいる美晴は爽快感とともに危うさも感じる。元より菅野は以前のスキャンダル絡みで不破を敵対視している。こんな問答を繰り返していては火に油を注ぐようなものだ。

だが外部の評判や己の好感度などに一切興味のない不破は、どこ吹く風だろう。そういう上司は安全なのか、それとも危険なのか。美晴は次第に判断がつかなくなってくる。

「先日行われた起訴前鑑定で、笹清政市には責任能力があると診断されました」

「ほう。弁護側が三十九条を主張するのは困難になりましたね。まあ元々有罪確定の案件ではあるが、弁護側に一切抗弁の余地を与えないのは正解です」

菅野はわずかに機嫌を直したようだった。

「検事は、笹清政市に極刑判決が下れば現在の騒ぎが鎮静化するとお考えですか」

「弁護側は当然控訴してくるでしょうが、二審で刑が確定すれば、さすがに笹清政市を釈放しろという要求自体に意味はなくなります。〈ロスト・ルサンチマン〉の真意が笹清の釈放にあるのなら、少なくとも同じ要求はしてこなくなるでしょう」

「何やら含みのある言い方ですね」

「真意が笹清の釈放でなかったとしたら、別の要求をしてくる可能性があります。従って笹清の刑が確定しても、毛ほどの油断もできません。〈ロスト・ルサンチマン〉を逮捕する以外に騒ぎを終息させる手立てはありません」

菅野は再び顔を顰めてみせた。


招かれざる訪問者は菅野に止まらない。同じ日の午後、今度は帯津警備部長が不破を訪ねてきたのだ。

「〈ロスト・ルサンチマン〉とそのフォロワーのせいで警備部はてんてこ舞いですよ」

吐く言葉とは裏腹に、帯津は人懐っこい表情を崩さない。だが平時と変わらぬ物腰が却って威圧感を与える。

「大阪府警はもちろん、事件の発生した堺、岸和田、枚方、京都、広島、名古屋の地検がそれぞれ県警本部に警備要請を出しています。お蔭で各県警の警備課は非番の者を内勤に充てて回している有様ですよ」

警備課は主に、警備警護や災害対策、雑踏警備を担当している。同じ警備部内であっても外事課とは性格を異にしており、外事課が対象者の背中に張りつくのに対し警備課は正面に立ってこれを護る役目だ。

「かく言うわたしも有休が吹っ飛びました。こう見えてもプレッシャーやストレスには弱い方で、休暇がなくなると結構なダメージになる。不破検事はストレスに強そうですね」

不破は返事をしない。だが不破が外部環境をものともしないのは衆目の一致するところだ。

「たった一人で笹清事件と〈ロスト・ルサンチマン〉事件を担当させられている。わたしが検事の立場だったら三日で胃潰瘍になっている」

「どんな案件であろうと、かかる手間暇に大きな違いはありません」

「地検を狙ったテロ行為は別格ですよ。地検の業務がストップすれば司法システムに支障が出る。地検警備に関しては法務省からも公安委員会へ要請がありました。公安委員会からのお達しとあれば各県警は唯々諾々と従わざるを得ません」

これもまた緩やかな皮肉だが、不破はいちいち反応しない。ただ感情の読めない目で相手を見つめるだけだ。

「通常の警備・警護に加えて地検への常駐は深刻なマンパワー不足を引き起こす。今はそれぞれの警護に充てる要員を調整して凌《しの》いでいますが、いずれにしても長続きするものじゃありません。無理が疲労に繋がるのは、人も組織も同様です」

「組織の疲労、ですか」

「不破検事も疲れた時には満足に身体が動かなくなるでしょう。普段ならできることができなくなる。そして不慮の事故を呼び起こす」

不破の無反応に業を煮やしたのか、帯津はずいと身を乗り出した。

「こうしてまた伺ったのは、捜査の進捗状況を確認するためです」

「捜査本部の情報ならあなたには筒抜けでしょう」

「捜査本部ではなく、不破検事が握っている情報が欲しいですね。慎重居士のあなたのことだ。絶対確実な情報しか流さないでしょう」

「確実でなければ情報とは言えません」

「噂や見込みから捜査を始めるのも我々の手法です」

帯津は薄笑いを浮かべながらも決して退かない。

「今や〈ロスト・ルサンチマン〉はテロリストとしての要件を備えた上、多くの賛同者を持つ危険人物に成り上がりました。彼がテロリズムの遂行を口にすれば、マリオネットのように犯行に走る輩《やから》が必ず現れる。広島地検や名古屋地検の侵入事件はあと一歩で惨事を招いていたでしょう。もう一刻の猶予もならない。〈ロスト・ルサンチマン〉を捕縛するため、検事が握っている情報の一切を提供していただきたい」

「繰り返しますが、確実でなければ情報とは言えません。およそ情報とは呼べないものを出発点にすれば誤認逮捕に直結しかねない」

「捜査線上に浮かんだ容疑者を片っ端から尋問《じんもん》する。容疑者の数が多ければ多いほど真犯人の特定に繋がる」

無茶な理屈だと思った。

公安課は犯人逮捕よりは情報収集に重きを置く部署だ。勢い冤罪《えんざい》についてはいささか不感症になるきらいがあると聞いた。帯津の強引さは、その不感症に由来するものなのだろうか。

「容疑者が多くなるのは捜査段階での詰めが甘いからです。そんな捜査で真犯人に辿り着ける訳がない。照準の狂ったライフルで標的を狙うようなものだ」

「いやはや、大阪府警の警備部をポンコツ銃扱いですか。これは手厳しい」

帯津は快活に笑い飛ばしてみせる。

だが目だけは笑っていなかった。

「さっきから横の事務官がわたしを親の仇のような目で見ている。お邪魔のようなので、そろそろ退散するとしましょう。しかし検事」

帯津は捨て台詞を忘れない。

「〈ロスト・ルサンチマン〉の逮捕が遅れることによって別の問題が派生した時、その責任はあなたにかかってくる。戒告や減給程度に止まればいいのですけどね」

明朗なようで粘着質というのが帯津の本質なのだろう。美晴はすっかりこの男に嫌気が差していた。帯津が退室する際、できることなら塩を撒《ま》きたい気分だった。

だが、帯津の言葉が図らずも嫌味でないことが当日のうちに証明される。夕刻を過ぎた頃、不破は榊から呼び出しを受けたのだ。

事件が終結していないにも拘わらず呼び出されるのだから、嫌な予感しかない。美晴は不破とともに次席の部屋に向かう途中、胃の辺りが痛くなってきた。

「〈ロスト・ルサンチマン〉事件について、まだ報告が上がっていないな」

開口一番、榊が進捗状況を訊いてきたので、美晴は更に胃を痛くする。影のように動いているので、不破がどこを調べているかくらいは把握している。ところが不破は岸和田駅通り魔事件の捜査資料を漁《あさ》るだけで、〈ロスト・ルサンチマン〉については何も着手していないのだ。

「今は笹清政市の初公判に向けて準備中です」

「笹清政市に関しては起訴前鑑定の結果報告を受けている。予断は許されないが、公判は支障なく維持できるんじゃないのか。それなら〈ロスト・ルサンチマン〉の特定に進んでもいいだろう」

「一任されているので、進め方はわたしの一存で決めさせてもらいます」

「各地の地検で頻発している事件を知らん訳じゃあるまい。世間やマスコミは本庁の動きを注視している」

「マスコミが注視すれば、検察の動きが相手に筒抜けになります」

「そういうことを言っているんじゃない。期待に応えろという意味だ」

「岸和田駅通り魔事件と地検爆破事件は関連しています。笹清政市を調べ尽くさなければ〈ロスト・ルサンチマン〉の尻尾《しっぽ》も摑めません」

「そっちの報告が全く上がっていないのはそれが事由か」

榊は忌々《いまいま》しそうに唇を歪《ゆが》ませる。不破の仕事に介入したいようだが、生憎不破の実績を顧みれば口を差し挟む余地がない。有能な部下は重宝されるが、有能過ぎる部下は嫌われる。

「不破検事は世間やマスコミなど眼中にないだろうが、検事正が殊の外《ほか》心配しておられる。何しろ君を担当者に推挙《すいきょ》した当人だからな」

傍で聞きながら、未だ榊は不破の扱いに慣れていないと思った。不破が上司への忠誠心などで左右されるものか。そんな単純な男なら検事づきの美晴は苦労しない。

「検事正は君に期待をしたから責任者に置いた。期待が大きければ大きいほど、裏切った時の反動は凄《すさ》まじいぞ」

不意に帯津の言葉が甦る。立場も所属も違う人間が同じことを喋るのは、それがほぼ常識だからだ。

「期待云々はともかく、任された仕事は完遂します。ただしわたしの流儀で」

「そこまで言いきるからには相応の覚悟はあるんだろうな。我を貫くと誰もケツを持っちゃくれないぞ」

これでは報告ではなく、組織への忠誠心を確かめる儀式ではないか。

いささかヤクザめいた恫喝《どうかつ》だが、不破は通常運転よろしく眉一つ動かさない。美晴は小気味よさと怖気《おぞけ》を同時に味わう。

「検察官は独立した司法機関です。責任を取るのは本人だけで充分でしょう」

榊はしばらく不破を睨み据えていたが、やがて力尽きたように短く嘆息した。

「進展がなくても定期的に報告はするように。以上だ」

榊から解放されて退室した途端、腋《わき》の下から嫌な汗が噴き出た。美晴が思わず立ち止まると、前を歩いていた不破が気づいた。

「どうかしたのか」

「いえ。いつもながら、よく検事は平静を保っていられるなあと」

「君が心を乱すようなやり取りがあったのか」

「事件を早急に解決できなかったら責任を取れと言われたんですよ」

「責任者が責任を取るのは当たり前だ」

「自分から手を挙げた訳でもないのに」

「事件の選り好みをしたことはない」

「まるで貧乏くじを引いたみたいじゃないですか」

「君は今でも副検事を目指しているのか」

「当然です」

「それなら案件を当たり外れで分類するのはやめろ。碌な検事にならないぞ。検察官にとって案件の分類はひと通りしかない」

「どんな分類なんですか」

「勝つか負けるかだ」

3

不破が岸和田駅通り魔事件の被害者遺族から事情聴取をしたいというので、美晴はいつもの通り随行することになった。

継続捜査なら警察に任せていいのではないかと美晴は考えるが、不破は自分の足で確かめなければ納得しない。およそ人を育てるには不向きなタイプだが、そもそも検察官は独立した司法機関なので部下を育てる気など最初から持ち合わせていないのかもしれない。

「でも、どうしてですか。捜査資料には被害者たちのプロフィールと事件当時の状況が記録されていたはずですが」

「足りない」

例によって何がどう足りないのかの説明は一切ない。この段階で尋ねてもまともな回答が返ってこないのは学習済みなので、美晴は黙って不破の後に従う。

最初の訪問先は岸和田市内にある宇野鉄二宅だった。宇野は賃貸マンションに妻と娘の三人で住んでいた。

まだ午前中だったため出てくるのはてっきり妻だろうと予想していた。だがインターフォンから返ってきたのは若い娘の声だった。

『はい』

「大阪地方検察庁です。宇野鉄二さんの件でお伺いしました」

検察官は身分証明書を持たないため、露払いは常に検察事務官である美晴の役目だ。

ややあってドアが細めに開けられ、二十代と思しき娘が顔を覗かせた。美晴が検察事務官証票を提示すると、彼女は軽く頷いた。

「母は勤めに出ていますけど」

すると不破が背後から声を掛けた。

「あなたで構いません」

ドアチェーンが外され、不破と美晴は応接室に通された。廊下に線香の匂いが濃密に漂っているのが、美晴の気を塞がせる。

「娘の珠美《たまみ》です」

改めて正面から見ると捜査資料にあった父親の面影《おもかげ》がある。きっと父親似なのだろう。

「大阪地検の爆破事件と岸和田支部へのイタズラ電話、ネットニュースで見ました。メチャクチャ腹立ちました」

　珠美は俯き加減で話し始めた。下を向いたのは表情を見られたくなかったからだろう。

「検事さんたちは怪我とかしませんでしたか」

「ご心配いただいて恐縮です。我々は別のフロアにいたので事なきを得ました」

「父の、何をお訊きになりたいんですか。笹清を死刑にできるんやったら何でも協力します」

「お父さんは、どんな方でしたか」

　不破の質問が意外だったとみえ、珠美は怪訝そうに面を上げた。

「それ、裁判に関係するんですか」

「関係するかどうかは内容次第ですね」

「どこにでもいる、フツーの父親ですよ。家ではあんまり話をしんくて、時々家族を笑わそうとしてスベるし、足臭いし。でも、いっつも自分のことよりあたしや母さんのことを優先してくれて、外で呑みもせず……あ、アカん」

　珠美は再び俯き、顔を上げないまま言葉を続ける。

「何でこの国は犯人に優しゅうて被害者には冷たいんですか。ただの逆恨みで父さんを殺した犯人なのに、何でそんなヤツの肩持つ人がおるんや。爆弾で地検を吹っ飛ばすような人間の事情も理解しようやなんて。そんなんおかしいですよ」

　悲痛極まりないが真っ当な訴えだ。笹清の事件からこっち歪んだ悪意に晒され続けていた美晴には、ほっと安堵する至極当然と思える心情だった。

「爆破事件が起きた時、テレビやネットニュースはロスジェネ世代の悲劇とか怨念とか盛んに報じてましたけど、あたしたちにしてみたらええ加減にしてゆう感じです。笹清に殺された七人とその遺族よりも、笹清やそのお仲間には同情とか共感とか。あたし、もう悔しゅうて悔しゅうて」

爆破現場に隣接したＡＢＣ朝日放送こそ〈ロスト・ルサンチマン〉への対決姿勢を明らかにしたものの、左翼系の在京キー局や全国紙は彼の罪悪を非難する一方でロスジェネ世代への擁護を展開し、政府批判に転じた。公器である以上は社会的弱者に寄り添うという姿勢は理解できるが、被害者とその遺族に対する配慮が見えないことに美晴も不満を覚えていた。

「被害者遺族に取材しろと言うてるんやないんです。父さんが殺されなあかんかった理由を国や社会のせいにせんといてって話なんです。あたしの父さんを殺したのは笹清です。あいつが手前勝手な理屈で父さんを含めた七人を殺しただけの話です。そんなんに社会的な意味をくっつけんといてほしい」

珠美は不破を睨むように見上げる。

「今の裁判では被害者遺族が意見を言う機会があるんですよね」

「ええ。被害者参加制度というものがあります」

「絶対、あたしを呼んでください。笹清には言ってやりたいことが山ほどあるんです。これを言わんかったら死んでも死にきれません」

珠美の怒りはいよいよ激しさを増していく。片や不破はと見れば、相手の感情などお構いなしに質問を続ける。

「お父さんを含め、ご家族の中で以前から笹清政市を知っていた人はいませんか」

「いなかったと思います。母は知っていることを隠せるような性格じゃないし、笹清はずっと引き籠りだったんですよね。店で家電を売っている父さんとは何の接点もなかったはずです」

二件目の訪問先は大倉一輝の実家だった。大倉は岸和田市内のアパートに一人で暮らしていたが、実家も同じく市内でうどん屋を営んでいた。

まだ営業時間内で厨房《ちゆうぼう》に立つ父親と次男が手を離せないため、母親の澄江《すみえ》が応対してくれた。

「笹清の事件を担当してくれる検事さんなんですね」

澄江はそうと分かると、すぐに不破たちを奥に通してくれた。

「一輝のことではお世話になります」

二人の正面に座り、深々と頭を下げる。

「まだ裁判は始まらないんですか」

既に笹清の起訴前鑑定が終わり起訴もしている。今は公判前整理手続きが目前に迫っていることを説明されると、澄江は納得しつつも不満が残る様子だった。

「笹清が死刑になるのは、いったいいつ頃になるんでしょうか」

「弁護側が無罪を主張すれば長期化するでしょうし、一審判決に対して控訴されれば判決が確定するのに更に時間を要します。起訴から判決が確定するのに五年以上かかる案件も珍しくありません。仮に死刑判決が確定したとしても執行されるのは数年先になるでしょう」

「そんな。だって犯人が分かってるし、大勢の人が目撃もしてるやないですか」

「国が囚人といえども人一人の命を奪うのです。慎重の上にも慎重を期すんです」

「一輝が殺されたんは一瞬だったんですよ」

「理不尽だと思います。しかし法廷は復讐の場ではありませんから、被告人に理不尽を強いることができません。検察にできるのは証拠を揃えて有罪判決に持ち込むことだけです。本日お伺いしたのは、そのための情報収集です」

「わたしらに何を訊くゆうんですか」

「一輝さんはご長男ですよね」

「ああ、厨房にいるのは次男やし。ホンマは一輝に店ェ継いでほしかったんですけど、あの子がえろう嫌がりまして。子どもの頃から手伝わせてた反動なのか、もう粉こねるんは嫌や言うてコンピューターソフトの会社に就職してしもうたんです。その会社も三月に倒産して、これで実家に戻ってくるかと思うてたらきっちり再就職の口探してたんですなあ」

澄江は感情が溢れ出るのを堪えるように言葉が途切れがちになるが、不破が急かさないので停まることはない。普段の無表情が役に立つ稀有《けう》な例だった。

「あの日の朝もハローワークに行く途中やったんですよね。それで騒ぎに巻き込まれて……もし、わたしらが強引に店ェ継がしてたら、一輝もあんな目に遭わんで済んだんやないか。そない思うと切のうて切のうて」

「きつい言い方になりますが、そういう考え方は不健康です」

不破は感情のない声で、しかしゆっくりと続ける。

「もし、を考え始めると後悔しか生まれません。一輝さんも喜ばないと思います」

「わたしも、そう思います。せやけど、せやけど」

とうとう堪えきれなくなったのか、澄江は低く嗚咽《おえつ》を洩らし始めた。

店内から聞こえてくる威勢のいい声が、ひどく場違いに感じられる。ひとしきり泣いた後、澄江は目元を拭って顔を上げる。

「失礼しました」

「お伺いします。事件の起こる前、笹清政市をご存じでしたか。知人、あるいは店の常連客だったという事実はありませんか」

「こういう商売やからお客さんの顔は常連さんでも一見《いちげん》さんでも憶えてます。でも笹清を見たのは事件のニュースが初めてですよ。主人も次男もそのはずですわ」


三件目は椋井剛の自宅だった。場所は岸和田市天神山町《てんじんやまちょう》、団地の中でも比較的新しい集合住宅の一室だった。

美晴は少し意外に思った。不動産関係の会社に勤めているのであれば新築マンションか郊外の一戸建てに住んでいても不思議はないのに。

だがよくよく考えてみれば、高級外車のディーラーに勤めている者全員が外車を乗り回しているはずもないので、これはこれで当然かもしれない。

家にいたのは妻の沙代里《さより》一人だけだった。

「息子はまだ学校です」

沙代里は子どもが居合わせていないことに安堵している様子だった。

「あれからひと月過ぎて、ようやくあの子も落ち着いてきて。事件が起きた時はえらくショックを受けて、二週間ほど学校を休んだくらいです」

　沙代里と不破が話している最中、美晴は何げなく居間を観察する。線香の匂いこそしないものの、壁には日焼け跡のように写真を剝《は》がした痕跡が残っている。美晴の視線に気づいたらしく、沙代里は辛そうな目をして言う。

「父親と一緒の写真が貼ってあったんですけど、全部剝がしたんです。今はあの子のためにも見せない方がええと思って。父親が大好きな子ですから」

「スマホにそういう写真は保存していませんか」

「あの子にもスマホは持たせてあるから、父親の写真の一枚や二枚はあるでしょうけど削除させる訳にもいかんし、スマホを取り上げる訳にもいかんし」

　部屋の中の写真は隠しておきながらスマートフォンの画像は放置しておく。何とも中途半端な対応だが、その中途半端さがそのまま子どもへの接し方のように思えて切なくなってくる。

「以前から笹清政市をご存じでしたか」

「いいえ。ニュースで知るまでは見たことも聞いたこともなかったです」

「ご主人からそれらしき人物の噂を聞いたこともですか」

「主人は仕事で出会ったお客さんのことはあまり喋らない人でした。それに笹清って人は、ずっと引き籠りだったんですよね。引き籠りの男が、部屋を借りるために主人のいる営業所に来るはずないじゃないですか」

　沙代里の理屈はもっともであり、美晴は心中で頷く。だが不破の質問の意図がどうにも理解できずにいる。

「仕事の話は一切、家庭に持ち込まない。そういうタイプのご主人だったのですね」

「いいえ、嬉しいことは別ですよ。新婚さんにいい部屋を紹介できたとか、初めて一人暮らしをするお客さんと話していて昔の自分を思い出したとか……仕事熱心というより、お客さんの喜ぶ顔が大好きだったんです。それで物件情報を家にまで持ってきて、ああでもないこうでもないって」

ふと今まで平静を保っていた沙代里の表情が歪んだ。

「ご主人を恨んだり憎んだりした人には思い当たりませんか」

「そんな人、いるはずがありません。本当に、いい人だったんです。それなのに、どうして笹清みたいなならず者に殺されなきゃいけなかったんですか」

もう限界だった。沙代里は不破たちの面前で顔を覆った。

「いつも出勤する前には、あの子がいってらっしゃいをするのが日課でした。でも事件が起きた日に限ってお寝坊したものだから、あの日は主人と顔を合わせることもできませんでした。主人も心残りだったでしょうけど、子どもも可哀想です。この一カ月はわたしより早く起きているんです。きっと寝坊をした自分が許せないんでしょう。ま、まだ八歳の子どもがそんな風に自分を責めるなんて惨過《むご》ぎます」

どこの家庭にも中心となる者が存在している。梓井家の場合はそれが剛だったようだ。中心を失った家族は再生するにも時間を要する。美晴はここでも胸に痛みを覚える。

「案外、子どもは論理的な生き物です」

今にも号泣しそうな沙代里を前に、不破は淡々と話を進める。

「自分が寝坊したことと父親が殺されたこととの間には何の因果関係もない。それを辛抱強く説明してみてはどうですか」

不破の言葉は真っ当過ぎるほど真っ当だが、いかんせん悲嘆に暮れている遺族に向けて効果があるとは到底思えない。できることなら、その口を塞いでやりたいと思った。

だが、次のひと言で考えを改めた。

「息子さんの心に棘《とげ》が刺さっているのなら、それを一本ずつ丁寧に抜いてやるのが親の務めです。息子さんに笑顔を取り戻してあげるのが、ご主人への一番の供養《くよう》になるんじゃありませんか」

栫井家を辞去したタイミングで、美晴は不破に質問をぶつけてみた。

「被害者の誰かが笹清と面識があったと考えているんですか」

返事を期待していた訳ではない。不破は全てが明白にならない限り思いつきを吐露する人間ではない。

だが、この時は例外だった。

「確認作業の一環だ」

「確認って。それまで社会との接点を持たなかった笹清と被害者たちの間に繋がりがあったとは考えにくいですよ」

「笹清ではなく、〈ロスト・ルサンチマン〉についてだ」

「え」

「〈ロスト・ルサンチマン〉は本当に笹清の釈放を望んでいると思うか」

「笹清の釈放を要求しているのはただの大義名分で、本当の目的はテロ活動だというんですか」

不破はまた黙り込んでしまった。

二人が次に訪れたのは栫井が勤めていた春木《はるき》駅前の不動産仲介会社だった。おそらく裏を取るためだろう。不破はそこでも同様の質問を繰り返した。

「彼のファンになるお客様は少なくなかったですよ」

上司の多田崎《ただざき》という男は不破と美晴をバックヤードに招くと、短く嘆息してから話し始めた。

「ここだけの話、結婚シーズンや入社入学シーズンは書き入れ時ですからね。仲介物件は一つも残すなというのが本部の至上命令なんです。そうなると条件の悪い物件から優先的に捌けみたいな営業スタンスになりがちなんですが、栫井くんはいつもお客様優先で。店のノルマがキツい時はちょっと困りましたけど、それでも彼が担当したお客様は新居が決まってからも店に顔を出したりするんです。まあ怒れませんよ。長い目で見たらウチのファンにもなってくれるんですから」

「時にはトラブルになるお客はいませんでしたか」

「とにかくお客様の扱いが上手い男でした。と言うより、お客様優先の態度は相手にも分かるんですよ。大切に扱われてへそを曲げる人は滅多にいないじゃないですか」

栫井が殺されてからまだひと月しか経っていないのに、多田崎はひどく懐かしげな口調になる。

「彼を失って店から覇気、と言うか明かりが消えたようになりました。ムードメーカーやったことに今更気づいた始末です」

しんみりとした雰囲気だったが、生憎と不破は空気を読む男ではない。

「以前、笹清政市が客として店を訪れたことはありませんか」

「ありません」

多田崎は言下に否定してみせた。

「ニュースで何度か顔を見ましたけど、全然知らない人間でした。従業員にも確かめたので間違いないです。仮に来店していたとしたら、わたしを含めて従業員全員が後悔したでしょうね」

「何故ですか」

「少しでも関わりのある人間があんな事件を起こし、栫井くんを手に掛けたとしたらやりきれなくなるでしょうね。個人情報を入手したら笹清の家族に筋違いの復讐を企《くわだ》てたかもしれません。それだけ笹清のしたことは罪深いものだと思うてます」


四件目は内海菜月の家だった。今年から新聞社へ就職した菜月は親元から通勤していたらしい。

「秋の二次募集でやっと採用が決まったんです」

不破と美晴を迎えてくれたのは母親の圭以子《けいこ》だ。

昨今、新聞社が秋季に二次募集をしているのは美晴も知っている。春の一次募集で内定をもらいながら辞退する者が予想以上に多かった場合、余剰枠を埋めるために再度の募集をかけるのだ。

「昔っから新聞記者になるんが夢で。春の採用試験で新聞各社からお祈りメールもろうた時には一週間沈没してたんです。せめて滑り止め受けとけてしつこう言うたんですけど、新聞記者以外は眼中にないって」

圭以子は幽鬼《ゆうき》のような顔をしていた。泣くのにも怒るのにも疲れ果て憔悴《しょうすい》しきった様子だった。

「せやから二次募集で合格した時には飛び上がるくらいに喜びまして。あの子は高校の時に父親を亡くしまして、バイトしながら大学進学までしたんで嬉しさも一入《ひとしお》やったんです」

「ご主人はどうして亡くなったのですか」

「とばっちりでした。五年も前、蛸地蔵の公園で起きたストーカー事件を覚えてますか」

「ええ。以前交際していた男が相手の女性に刃物で斬りかかった事件でしたね」

「その時、通りがかりの会社員が女性を庇《かば》って刺し殺されました。殺されたのは内海慎司《しんじ》。わたしの主人です」

不破の横で話を聞いていた美晴は背中がぞくりとした。

では父娘ともに通り魔の凶刃に斃れたというのか。偶然にしても悲惨過ぎる。

「何で選りに選ってわたしの主人なんやと世を恨みました」

「確か加害者の男は国会議員の三男坊でしたか」

「大阪十八区の加藤孝蔵《かとうこうぞう》ですよ。総務省に睨みの利く大物議員とかで、マスコミの報道もおざなりでした」

総務省は放送の許認可権を握っている。テレビ網を傘下《さんか》に置くマスコミの矛先《ほこさき》が鈍るのも当然だろう。

「力になってくれたのは三男坊を逮捕してくれたお巡りさんくらいで、口さがない連中は他人の揉《も》め事に首突っ込むからやとか、えらい言いようでした」

「菜月さんが新聞記者を目指したのは、それが理由なのですね」

「権力に阿《おもね》らない報道、もっと被害者に寄り添う記事を書いてみんなに読んでほしい。菜月は殺された父親の無念をそんなかたちで晴らしたかったんです。それをまた、今度も通り魔に殺されるやなんて。彼氏との付き合いも順調や言うてうきうきしてた矢先に……」

「付き合っていた男性はどんな人ですか」

「教えてもらう前に事件に巻き込まれて聞けずじまいでした。葬式にもそれらしい人は参列してませんでした。きっと死体になったら用済みと思ったんでしょう。死んだ者が蔑ろにされるんはこれで二度目です」

圭以子は力なく笑ってみせる。

「悲しむのにも体力が要るんですねえ。この一カ月、何でわたしらだけがこんな目に遭うんやと泣き続けてたら歩くんもしんどくなって」

「事件の起きる前から笹清政市を知っていましたか」

「全然。知りもしませんし知りとうもなかったです」


この日最後に訪れたのは菜月の勤めていた新聞社だった。社会部デスクの河本《かわもと》という男が事情聴取に応じてくれた。

「四月に入社したばかりでモノになるかどうか未知数でしたが、根性だけはありました。社会部ではまず新人にサツ回りをさせるんですが、大抵は夜討ち朝駆けですわ。これで初日から音《ね》を上げるヤツも少なないんですが、内海くんは一週間続いてましたから。新人としては、それだけでも見込みありでした」

河本は自分の椅子に座ったまま天井を見上げる。

「チッキショウ。磨く前に手の届かんところに行きやがって」

「彼女が新聞記者を目指した理由をご存じですか」

「配属初日に聞きましたよ。父親の悲劇をまるっとスルーしたマスコミの体質を変革するんやと。

大した意気込みやったのに記事の一行も書かんうちに、こんな、こんな」

しばらく言葉を詰まらせてから、河本は誤魔化すように咳払《せきばら》いをする。

「ウチはどうして笹清みたいなクズが生まれたのかを徹底的に書くつもりです。社会に責任を被せず、あくまで笹清本人の罪を追及するかたちで」

「弔《とむら》い合戦ですか」

「せめてもの餞《はなむけ》ですかね。我々ブン屋が内海くんにしてやれるのは精々そんなことくらいですわ」

「最後に質問します。事件以前に笹清政市の名前を何か他の取材で聞いたことはありませんか」

「そんなネタがあったらとっくに書いてますよ。それこそ内海くんに餞を送る以前に」

4

事情聴取は翌日の午後から再開された。本日最初の訪問先は駒場日向の自宅だ。場所は岸和田駅にほど近い野田町《のだちょう》、小型店舗と民家が混在するブロックの一角になる。

〈駒場税理士事務所〉の看板が掛かっている事務所兼住宅。美晴が来意を告げると所長の駒場憲一《けんいち》は快く二人を招き入れてくれた。

「妻は買い物に行ってまして碌なお構いもできませんけど」

「いくつかお伺いするだけです」

顧客の相談に乗り適切なアドバイスをするのが仕事だからか、駒場は大層人当たりがいい。穏やかな笑顔にも親近感が持てる。

事務所の内装には相当に年季が感じられた。キャビネットをはじめとするオフィス家具は陽の当たる面がずいぶん褪色《たいしょく》している。

「爺《じい》さんの代から税理士事務所を開いてましてね、わたしは三代目ですよ」

資格を得て父親の経営する税理士事務所に入り、やがて跡を継ぐ。税理士は士業の一つだが、三代目ともなればもはや家業と言って差し支えないような気がする。

「公判のための準備ですよね。もう初公判の日取りは決まったんですか」

「これから公判前整理手続きに入ります」

「整理手続きは長引きそうですか」

「自白事件の場合、争点となるのはもっぱら量刑ですが、いずれにしても弁護側の出方次第です」

「じゃあ早急に終結できるよう、検事さんには頑張っていただかないと」

駒場は丁寧に頭を下げる。

「母の無念を晴らしてください。お願いします」

上げた顔には打って変わって無念さが刻まれている。

「判決は裁判官が下すものだし、事件の内容から笹清が無罪になるはずもないのは分かってます。各事件で争点は違うでしょうから素人のわたしが口を差し挟むつもりはありません。しかし笹清政市の犯した罪については死刑以外に償ってもらう手段はないと断言できます。裁判官が妙な判決を下さないよう、検事さんには鉄壁の論告をしてほしい。そして必ず笹清を死刑台に送ってほしい」

被害者遺族から被告人への厳罰を懇願されるのは珍しいことではない。駒場のように人当たりのいい人間から乞われると居たたまれなさは尚更だった。

「人の死を願うのが不道徳なのは重々承知していますが、これだけは別です。彼が七人もの命を奪った動機に関しては捜査本部の刑事さんから伝え聞いていますが、同情の余地は全くありません。日本の裁判は更生主義と聞いたことがありますが、鬱憤《うっぷん》晴らしに罪もない人々を惨殺するような人間が更生できるとは到底思えないんです」

「事件に拘わらず、起訴した案件を有罪にするのが検察官の務めです」

至極当然のことを口にしているだけなのだが、能面の不破が語ると俄然《がぜん》説得力が増す。変に気負わず力みもしないからだろう。

「遺族としては心強い限りです。法廷が復讐の場でないのも理解していたつもりですが、いざ自分の肉親が理不尽に殺されてみると理想論は吹っ飛んでしまいました」

駒場は不破を信用したらしく、営業用の仮面をかなぐり捨てた。

「社会生活を送る限り、人は誰かしらに迷惑をかけて生きています。相互に迷惑をかけ合い助け合っているからこその社会生活とも言えます。しかしウチの母は人畜無害を絵に描いたような人間でした」

「通院するのにも、あなたたち夫婦に頼ろうとしなかった」

「ええ、捻挫でまともに歩けなかったんです。通院くらい、いつでもクルマを出してやるって言うのに、それじゃあ迷惑がかかると頑として聞き入れませんでした。年食ってからじゃなく昔からそういう気概を持った人で、口を開けば他人様に迷惑をかけるな自分のことは自分でしろ、でしたからね」

話を聞く限りでは昔気質《かたぎ》というのではなく、駒場日向の信条のようなものだったのだろう。

「でも決して他人を責めたり無関心でいたりということはしませんでした。困っている人がいれば見過ごすことはせず、お節介と言われても親身に接していました。自分に厳しく他人に優しい、誇れる母でした。そんな人間なのに、あんなに呆気なく、あんなくだらないクズに殺された。本当に神も仏もないものかと呪いましたよ」

無差別というのは、そういう意味なのだと美晴は思い知る。笹清にとって殺害の標的は誰でもよかった。善人だろうが悪人だろうが考慮すべき条件は一つだけ。自分より力の弱そうな者であることだった。

「お訊きしたいことがあります」

「何なりと」

「亡くなった日向さん、あるいはあなたは以前から笹清政市という男を知っていましたか」

駒場は少し考えてから答えた。

「もう母に確かめる術はありませんが、少なくともわたしはヤツの顔も名前も知りませんでした。ニュースで見聞きしたのが初めてでしたよ」

六件目は樋口詩織の自宅で、こちらも野田町の中にあった。築二十年ほど経過した戸建てで表札には四人の名前が記されている。

インターフォンに身分を告げると、高校生と思しき少年が玄関から出てきた。

「父ちゃんも母ちゃんも、まだ仕事から戻ってませんよ」

聞けば詩織の一つ違いの弟だと言う。

「亡くなった詩織さんについてお伺いしたいことがあります」

不破が切り出すと、少し逡巡してから弟は二人を中に招き入れてくれた。

「樋口一哉《かずや》です」

一哉はどこか不貞腐《ふてくさ》れたように名乗る。これが年相応の態度なのか本人の個性なのか、兄弟のいない美晴には判別がつかない。姉を突然に亡くしてまだ一カ月しか経っていないので、喪失感が一哉を粗暴にさせているのかもしれなかった。

「姉ちゃんのことを訊きに来たんやったら、俺が相手で正解でしたよ」

「どうしてですか」

不破は質問の相手が年上であろうが年下であろうが喋り方を変えようとしない。その態度が相手の心を開く鍵にもなっている。

「父ちゃんも母ちゃんも姉ちゃんのことを全然知らへんからですよ。家にいる時間より学校にいる時間の方が長いし、俺らくらいの齢やと親にはなかなか本音を話さんくなります」

「学校の友人には本音を話せますか」

「相手によると思うし、いくら友だちでも全部を晒け出さないやろうけど、少なくとも親に言えんようなことでも言うてます。姉ちゃんとは学年が違うけど、姉弟《きょうだい》やからやっぱり親に言えんようなことも話したりしました」

「ご両親から見た詩織さんと、あなたから見た詩織さんの間にはギャップがあるのですね」

「親から見たら流行《はや》りものに敏感な今どきの女子なんでしょうけど、実態は正義の味方ですよ」

「ほう」

「とにかく曲がったことが大嫌いで、イジメのグループと散々やり合ってました。おるんですよ、高校生にもなってイジメなんてダサいことするヤツらが。姉ちゃん、そういう男子に対して全然情け容赦なくて。グーパンチで相手殴ったりするんです。それも中学の時からですよ。汎用人型決戦《はんようひとがたけっせん》兵器《へいき》とか女ターミネーターとか綽名つけられてました」

「ご両親は知らなかったんですか」

「同い年の女に殴られたなんて恥やから口外せえへんかったんですよ。俺、笑いましたもん。入学してすぐ、姉ちゃんが裏番みたいな扱いになってたから。それまで俺のこと呼び捨てにしてた先輩たちが、姉ちゃんの弟だって知るなり君づけですもん」

　家で見せる顔と学校で見せる顔が違うのは美晴にも覚えがある。クラスメイトの多くがそうであったし、美晴自身も例外ではなかった。理由ははっきりしている。家族にしか分からないことがあるのと同様、同世代にしか理解できないことがあるのだ。

「ニュースで聞いたんやけど、姉ちゃん、どこかのお婆《ばあ》さんがやられた直後に殺されたんですよね。笹清と正面からやり合って、ナイフで一方的に刺されて。姉ちゃんらしいと思いました。きっとお婆さんが殺されたのを見て、逃げるのをやめたんやなって。刃物持った相手に勝てる見込みなんてない。それでも姉ちゃんは笹清を許せなかったんですよ」

　語尾が震えていた。

「チクショウ。通り魔相手に正義感発揮してどうすんだよ。い、犬死にやないか」

決して犬死になんかではない、と言ってやりたかった。

笹清が殺害した七人のうち、最も時間が掛かったのは詩織だった。彼女の抵抗が長く激しかったから笹清も手を焼いた。言い換えれば、詩織が無抵抗のままでいたら八人目九人目の犠牲者が出ていたかもしれないのだ。

だがそれを伝えたところで一哉には何の慰めにもならない。だから美晴は口を噤んでいるしかなかった。

「事件の後、姉ちゃんにのされた先輩たちが俺んトコに来たんです。そんで言うてくれたんですよ。お前の姉ちゃん、すごかったなあて。ナイフ握った三十男にタイマン張ったって。俺たちには絶対真似でけへんから尊敬するって。父ちゃんや母ちゃんの口からは絶対出えへん台詞ですよ。ちょ、ごめんなさい」

話しているうちに感極まったのか、一哉は慌てて目の下を拭う。

「あきませんね。家族以外の前では泣かんように気張ってたつもりなんですけど」

「無理はしない方がいい。無理に感情を抑え込むと弊害が生じる場合があります」

「笹清がそうだったと言うんですか。引き籠りを続けた挙句に根性が捻《ね》じ曲がって、あんな大人になったんですか」

「人の心なんて悪魔にも分からない。わたしが知っているのは犯行の経緯だけです」

「検事さん、必ず笹清を死刑にしてやってください」

一哉は殊勝に頭を下げる。

「もう笹清は留置場の中におるから、俺では手が届きません。ホントは姉ちゃんの時みたく、笹清とタイマン張りたいんですけど。せやから検事さんが代わりにあいつ殴ったってください。グーやのうて言葉で」

任せて、と言ってやりたかった。

「事件以前に、詩織さんやあなたは笹清を知っていましたか」

「いいえ。俺も姉ちゃんも知らんかったと思います。特に姉ちゃんは帰宅部で家と学校の往復やったから、他人と知り合う機会なんてほとんどなかったはずです」


最後の訪問先は浅原元気の自宅だった。住所地の宮本町《みやもとちょう》にあり、元気が通学していた小学校までは直線距離にして約四百メートル。事件当時、集団登校している最中に事件に巻き込まれた。突然の騒ぎで児童が散り散りになり、元気だけが逃げ遅れた恰好だった。

不破と美晴が訪ねた時、母親の実嶺《みれい》だけが在宅していた。

「初七日が済んでから、夫はずっと残業続きなんです」

実嶺は申し訳なさそうに言う。事前に確認した資料によれば、元気の父親は産業機械のメーカーに勤めているはずだ。三週間連続で残業続きというのは労基法上、問題ではないのか。

「残業と言うても、別に会社命令やないんです。本人が志願して残ってるんで……」

実嶺の口ぶりで大方の事情が察せられる。要はなるべく家に帰りたくないのだ。

美晴は通されたリビングをそれとなく見回してみる。線香の匂いが微かに残っているが、それよりも濃厚なのが甘い香りだ。

子どもの匂い。

日なたと土と生クリームを混ぜて希釈したような匂い。家に戻れば否応なくこの香りを嗅《か》ぐことになる。

　実嶺は疲れた声で言う。

「家に帰ると元気のことを思い出して辛いんやと思います。休日でもどっかに出掛けて夕方まで帰ってきませんし。男はええですよ。仕事に逃げれるし遊びにも逃げれる。わたしみたいな専業主婦は家にいるしか仕方ないですから」

　ここにも中心を失くした家庭がある。元気という求心力を喪失し夫婦の絆《きずな》が危うくなっているのではないかと、美晴は要らぬ心配をする。

「いつまでもこのままじゃアカんのは分かってるんですけど……ふっとあの子が帰ってくるような気がするんです。あんな事件なかったみたいに、いつも通りただいまーって声上げてランドセル放り投げて。我ながら諦めの悪い話やと思うんですけどね」

　そんなことはない。

　発言権のない美晴は黙って首を横に振る。母親が我が子の死を簡単に認められるものか。

「諦めが悪くても、誰もあなたを責めはしないでしょう」

　不破が美晴の思いを代弁してくれたが、実嶺は意外な返答を投げてきた。

「責められましたよ、義理の両親に。元気は可哀想だったけど、いくら悔やんでも帰ってくるものやない。まだ二人とも若いんやから今のうちに二人目こさえろって。今時、跡取りなんて古臭い考えやとわたしは思いますけどお義母《かあ》さんはそうやないみたいで……」

　実嶺が疲弊している原因はこれもあったのか。

　一人息子を無残に殺されて消沈しきっているところに、すぐ二人目を作れなどと言われたら往復ビンタを食らったようなものだ。もし美晴がその立場なら義理の両親と派手な怒鳴り合いを繰り広げるに違いない。

「元気は生まれた時、ちっちゃかったんです。二千グラムを切ってて低出生体重児でした。両方の親がそりゃあ心配しました。でも小さく産んで大きく育てるって言葉があって、大病もせずにすくすく育ってくれました。入学式では背の高い順から数えた方が早かったんですよ。名前の通りホントに元気な子で、転んだり高いところから落ちたり小さい怪我はようけしました。去年一年は絆創膏貼らん日がなかったくらいで……」

不意に実嶺は喋るのをやめた。

「どうかしましたか」

「すみません。これ以上話し続けてたら、お二人の前で泣き出しそうになるんでやめます」

そう言って寂しそうに笑った。

「最近、人と会う時には警戒してるんです。何の前触れもなく自然に涙出てくるようになって。まるで花粉症ですよ。悲しいとか切ないとか思わんでも、水みたいにつつーっと流れてくるんです」

聞いている方が切なくなってきた。

親より早く死ぬというのはこういうことだ。

順番が違う。親が先に死ぬのは自然の摂理のようなものだから、まだ納得できる。だが逆は理不尽なだけだ。別の子どもができたとしても代替のできるものではなく、親は喪失感と後悔を背負ったまま生き続けなければならない。

美晴は改めて笹清の罪深さを思い知る。笹清はただ七人の命を奪っただけではない。七つの家庭と彼ら全員の人生を再生が危ういほど木っ端微塵に破壊したのだ。

万死に値するというのは、笹清の罪のためにあるような言葉だった。

「お訊きしますが、事件以前に笹清政市をご存じでしたか」

「いいえ、見たことも聞いたこともありません。夫もそうです。もし知ってる男やったら、きっと笹清の家に突撃すると思います」


浅原宅を出る頃には、辺りはすっかり暗くなっていた。

「宿舎まで送る」

不破からそう言われた時には正直ほっとした。

美晴は天王寺《てんのうじ》にある公務員桃谷《ももだに》合同宿舎に住んでいる。岸和田からクルマなら一時間以内。昨日今日と被害者宅の訪問に明け暮れたので、これから更に満員電車に揺られるのはご免こうむりたいと考えていたのだ。

美晴は助手席に乗り込むとジャケットを脱いだ。下ろし立てなので、シートベルトで変な皺《しわ》をつけたくない。

車内でも不破はひと言も発しない。一時間近く密室に二人きりで会話もなければ普通は気まずくなるものだが、普段が普段なので緊張すらしない。

「被害者遺族の話を聞いて思ったことがあるんです」

不破の反応はない。

「世間では、岸和田駅通り魔事件で七人の犠牲者が出ていると報道されていますけど、その七人は個性のないただの数字になっています。笹清は七人を惨殺した犯人としか認識されていません。でも七人にはそれぞれ家庭があって未来もありました。笹清のやったことはそれら全てを破壊する大罪です。情状酌量なんてありません」

やはり不破は黙っている。

「絶対に笹清を極刑にしなけりゃ。あの人たちの無念を晴らさなきゃ」

「黙れ」

ひときわ低い声だった。

「駒場さんは被害者遺族にも拘わらず、法廷が復讐の場でないことを理解していた。検察側の人間が復讐を口にしてどうする」

美晴は口を噤むしかなかった。


不破が律儀に制限速度を遵守したため、ちょうど一時間で合同宿舎の前に到着した。

「お疲れ様でした」

軽率な発言をしたのが今頃になって恥ずかしい。そそくさと一礼すると、美晴はエントランスの中に飛び込んでいった。

集合ポストの扉を開ける。入っていたのはカード会社の通知とチラシで、興味を惹《ひ》くような郵送物は一通もない。通知類を摘まんだまま、エレベーターの前に立った時だった。

「忘れ物だ」

背後からの声に振り返ると、不破がジャケットを小脇に抱えて近づいてくるところだった。ひどく慌てていたため、車内に置き忘れていた。

恥の上塗りだ。

不破が集合ポストの前を通過する。

その瞬間、二人の真横で世界が炸裂した。

集合ポストの中央が膨れ上がり、それぞれの扉を吹き飛ばした。破片は鋭い弾丸となって四方八方に放たれる。

耳を劈《つんざ》く轟音で聴覚が麻痺する。

爆発の真正面にいた不破の身体は宙に浮き、壁に叩きつけられる。美晴も爆風を受け、エレベーターの扉に押しつけられる。

エントランスのガラスが破砕される。

爆発の直後に炎が噴き出るのを見たが、広がりはしなかった。

聴覚を含めたすべての感覚が鈍磨していた。スローモーションを見ているように爆発と破壊が進行していく。

聴覚が甦ったのは数秒後だった。

辺りは爆煙で白く煙り、頭上から警報が鳴り響く。背中からゆっくりと激痛が滲んでくる。

いったい何が起きた。

ふと白く濁った視界の端に不破の姿を捉えた。壁の真下に蹲《うずくま》って動かないでいる。美晴はよろけながら不破の許に駆け寄る。

「検事、大丈夫ですか」

手を伸ばす寸前、白煙が途切れて不破の全身が見えた。

背中に数本の鉄片が突き刺さっていた。身体の下には徐々に血溜まりが広がりつつある。

血の気が引くのが自分で分かった。

下手《へた》に手を触れてはならないが、不破は顔を下にしたままぴくりとも動かない。

「検事っ。不破検事っ」

エントランスには空《むな》しく警報が鳴り続けていた。

四　無妄の悪夢

1

合同宿舎に火災等の異変が生じた場合、即座に最寄りの警察署に連絡が入る仕組みになっていると聞いていた。だが消防署が同様の態勢になっているかは覚えていなかった。

不破が横たわる下から血溜まりが広がっていく。美晴はともすれば気が遠くなる己を叱咤しながら不破の傍らに腰を落とす。己のパンツに血が染み込んでいくが構ってはいられない。

背中に突き刺さった鉄片を下手に抜けば大量出血する惧れがある。今、自分にできることと言えば止血くらいだ。

美晴は不破が握っていたジャケットを取り、出血している部位に宛てがう。

「不破検事、不破検事」

呼び掛ける一方、スマートフォンで119番に連絡する。

『119番、消防署です。火事ですか、救急ですか』

「救急です」

『あなたのお名前と住所を言ってください』

「惣領美晴、検察事務官。住まいは天王寺の公務員桃谷合同宿舎。たった今、合同宿舎の集合ポストが爆発し、負傷者一名、背中にポストの破片が刺さったままです」

こちらが慌てふためいているというのに、受付女性の声は電子音声かと疑うほど事務的で苛立ちが募る。

『爆発が続く可能性はありますか』

「分かりません」

一拍の空白が生じる。負傷者を移動させるかどうか、指示に迷っているのだろう。

『直ちに救急車を向かわせます。ご自分の危険を回避し、負傷者は極力動かさないようにしてください』

「お願いします」

電話を切ってからも緊張感は持続している。今までの爆破事件はアンホ爆弾一発が仕掛けられていただけだが、今回もそうとは限らない。

だが不破の容態で頭がいっぱいになっているせいか、恐怖心はあまり感じない。きっと麻痺しているのだろう。

「不破検事、不破検事」

効果のほどは分からないが、とにかく不破の意識が途切れないように呼び続ける。そうしているうちにも傷口を押さえたジャケットは血を吸い、みるみるうちに色を変えていく。

早く、誰か。

そうこうしているうちに爆音と警報で宿舎の住人たちが一階フロアに下りてきた。中には美晴の顔馴染みもいたが、ポスト前の惨状に言葉を失くす者がほとんどだった。

数分後、救急隊と天王寺署の捜査員が到着し、不破はストレッチャーに移されて搬送されていった。一方、美晴は捜査員によって宿舎の外に連れ出される。

「あなたは怪我とかしていませんか」

捜査員からそう尋ねられ、美晴は自分の身体をまさぐった。興奮していて痛みに気づかなかったかもしれない。しかし膝の数カ所に飛散したガラスの破片を浴びて、かすり傷を負った程度だ。

美晴は、ぎくりとした。

怪我をしていないのは決して偶然ではない。

爆発の瞬間、爆心地と美晴の間には不破がいた。美晴が浴びるはずの衝撃や鉄片は全て不破が受けてくれた。

何のことはない。不破は自分の身代わりになったのだ。

途端に、全身が瘧《おこり》のように震え始めた。

「大丈夫ですか、惣領さん」

「大丈夫じゃないです」

我ながら驚いたことに、口を突いて出たのは涙声だった。

「検事を、不破検事を助けてください」

「搬送されたら後は医師の仕事で、わたしたちは爆弾犯を逮捕するのが仕事です。それには惣領事務官。あなたの協力が不可欠なんですよ」

そんなことは分かっている。不破に意識があれば真っ先に口にする言葉だ。

美晴は下唇を噛んで頷くしかなかった。

場所を天王寺署に移して事情聴取を受ける。担当は現場で声を掛けてくれた籾井《もみい》という刑事だったが、情けないことに美晴が提供できた情報はごくわずかでしかなかった。

何の前触れもなく集合ポストが爆発した。エントランスで不審な人物を見かけてもいないし、タイマーの作動音も聞いていない。これが美晴個人を狙ったものであれば心当たりの有無を含めて話ができるのだが、仕掛けられていたポストは違う階の住人のものだった。

「鑑識の話では、集合ポストからアンホ爆薬の成分と起爆装置の一部が採取されたそうです」

「一連の事件との関連は」

「大いにあると思われます。ついさっき府警本部から連絡がありました。合同捜査になりそうですね」

従前通り起爆装置が時限式なら、個人を狙っての犯行とは考え難い。合同宿舎には地検関係者のみならず法務省関連の職員も居住している。個人よりは法務省職員もしくは法務省そのものを対象としたテロと考えるのが妥当だろう。

「所轄には最寄りの地検ならびに法務省関連施設を警備するよう通達が下りてるんです。常時、警備部の連中は一人残らず出払っていますけど、まさか職員宿舎が狙われるゆうんは完全に想定外でした」

籾井は憂鬱そうに表情を曇らせた。

「この上、宿泊施設まで警備するとなると、他の部署からも応援を出さんといけなくなるでしょうね。全く、〈ロスト・ルサンチマン〉一人のせいで所轄はどこもてんてこ舞いですよ」

「〈ロスト・ルサンチマン〉、複数説もありますよ」

「そんなもん、一人で充分です」

籾井が心底迷惑そうにする理由は理解できる。美晴は同意を示す意味で頷いた。

結局、捜査の手掛かりになるような情報を何一つ提供できないまま美晴は解放された。不破の搬送先は天王寺救急センターと教えられ、早速不破の容態を確認しようと病院に駆けつけてみたが、看護師のひと言で粉砕された。

「申し訳ありませんが面会謝絶です」

冷静な物言いに却って不安を覚えた。

「そんなに重傷なんですか」

「詳しいことはわたしたちも存じません」

面会謝絶の患者の容態を看護師が知らないはずもなかったが、病院の中で押し問答をしても始まらない。美晴は後ろ髪を引かれる思いで病院を後にした。


翌日、美晴は地検に登庁するなり榊から呼び出しを受けた。

一人で次席の部屋に赴くのは初めてだったが、緊張感よりも焦燥感が先に立つ。

「昨夜、合同宿舎の爆破事件を知らされた」

榊はいつになく当惑顔をしていた。

「惣領事務官は大丈夫だったのか」

「わたしはほんのかすり傷で済みました。でも不破検事が面会謝絶の状態です」

「不破検事の容態については先ほど問い合わせてみた。背中に四本もの鉄片が突き刺さり、うち二本は臓器に達しているらしい。本人は未だ意識不明のままだ」

意識不明のままと聞き、美晴の焦燥は募る。

「容態は気になるところだが、地検の職員には重傷者の看病ではなく別の仕事が控えている。大阪地検の現状、担当検事が不在の場合は事務官が代行してその任にあたらねばならない。笹清の起訴を決定する時期も迫っている」

忘れていたはずの緊張が肩に伸《の》し掛かる。榊に言われるまでもなく、検事不在の折は検事づき事務官が代行できる。無論、他に丸投げすることも不可能ではないが、日頃から山ほど案件を抱えている検事にこれ以上の負担をかけるのは無理な注文だった。

意識の片隅ではぼんやりと認識していたが、敢《あ》えて遠ざけていた。担当検事の仕事内容は熟知しているが、知っているのと実際に代行するのとでは雲泥《うんでい》の差がある。

「できるか、惣領事務官」

「できます」

美晴自身の葛藤はどうあれ、そう答えるしかない。

榊は安堵したように深く頷き、諭《さと》すように言う。

「荷が重いかもしれないが、粛々と通常業務をこなすことが我々に課せられた使命だ」

「通常業務がですか」

「〈ロスト・ルサンチマン〉に限らずテロリストの目的は秩序の破壊と不安の醸成だ。襲撃された組織なり施設なりが機能不全に陥《おちい》れば、それこそヤツらの思うツボになってしまう。従って、日常を繰り返すことがテロへの最大の抵抗になる」

榊の理屈は正しい。おそらくこの場に不破がいたとしても疑義は差し挟まないだろう。

だが美晴は素直に諾えない。理屈は正しいという認識の裏で、負傷した不破の姿が浮かび上がる。

「総務の前田事務官に続いて二人目の重傷者だが、正直今回の方が我々に対する影響大だ」

榊はそう言って机の上の朝刊を顎《あご》で指した。社会面のトップには昨夜の爆破事件が現場写真つきで掲載されている。

「担当検事の重傷は世間に与えるインパクトも大だし、笹清政市や〈ロスト・ルサンチマン〉の犯行に快哉を叫ぶ連中には溜飲《りゅういん》の下がる事件だ。これでまたヤツらが増長する」

事務官と検察官を格付けすることに抵抗を覚えるが、榊の弁が的を射ているのも確かだ。ネットではロスジェネ世代の一部が勝どきを上げているとも耳にしている。

「ところで本日、笹清政市の検事調べが予定に入っている。君にやれるか」

「やれます」

そう答えるしかなかった。

「一連の事件の始まりは笹清政市にある。それでも私情を交えずに尋問できるか」

「私情を交えない姿勢は、不破検事から教えられています」

「そうだったな」

榊は納得顔で頷くと美晴を解放した。

だが解放されてもプレッシャーはいささかも減じない。むしろ不破の執務室に近づくにつれて圧迫感は増すばかりだ。

その時、スマートフォンが着信を告げた。相手は仁科だ。

『ちょっとだけ時間ええかな？』

「今、執務室に向かっているところですけど」

『わたしがそっちに行くから』

美晴が執務室に到着して数分後、仁科が部屋に入ってきた。

「色々、大変やったね」

地獄耳の仁科のことだから合同宿舎爆破事件と不破の負傷はもちろん、美晴が榊に呼び出された件も承知しているに違いない。色々、というのはそういう意味だ。

「大丈夫なん？」

「あの、不破検事はまだ面会謝絶の状態で」

「不破検事やのうて。惣領さんが大丈夫かゆう話。えらいテンパった顔してるよ。まるで丸腰でライオンの檻《おり》に入ってくみたいな」

そんなに悲愴《ひそう》な顔をしているのかと、美晴は頬の辺りを撫《な》でてみる。

「今日、きっつい仕事でもあるん？」

「笹清政市の検事調べがあります」

「それでか。惣領さん、顔に出やすいんよ。折角不破検事の下で働いてるんやから、あの能面ぶりを少しは学習せんと」

「不破検事の真似をするなんて無理です」

「あのまんまコピーせえなんて、いつ言うた。あんなん顔してたら、結婚式にも呼ばれへんわ」

仁科は両手を伸ばして美晴の頬を軽く抓《つね》った。

「な、な、何を」

「マッサージ。せめてもうちょっとリラックスせえ言うとんの。被疑者の前でそんな切羽詰まった顔してる段階で負けや」

「分かりましたからっ。伸びるっ、伸びるっ」

仁科は手を放してから、にやにやと笑う。

「やっと元に戻ったなあ。そんでええよ」

「無理やりなんですね」

「でも緊張が解《ほぐ》れたでしょ」

言われてみれば最前まで硬直していた気分がいくぶん和《やわ》らいだ。これは仁科の話術によるものなのか、それともスキンシップによる効果なのか。いずれにしても強張《こわば》っていた全身の筋肉からすうっと力が抜けた。

「誰もな、おそらくは榊次席も惣領さんに不破検事の代役を務めさせようとは思ってへんのよ」

「そもそも務まるはずがありません」

「いきなり不破検事と同じ成果を上げろゆうんは、草野球の9番ライトを甲子園のバッターボックスに立たせるようなもんやからね。せやから、ここは他の凡百《ぼんぴやく》の検事と同じレベルを目指したらいい。そない考えたらえええん違う」

まるで呪文のように効果覿面《てきめん》だった。

筋肉ばかりか心まで解れた。

事務官の分際で検察官に序列をつけるのは不遜《ふそん》極まりないが、それでも能力の格差は厳然と存在する。不破に追いつくのは無理だとしても、大阪地検でぱっとしない検察官と同じレベルの仕事をしろと言われれば少しは気が楽になる。

「ありがとうございます。何か元気出ました」

すると仁科は羨ましそうな目でこちらを見た。

「ホンマ、呆れるくらい素直に顔に出るなあ。惣領さん、ポーカー弱いやろ」

「放っといてください」

恐慌状態にある自分を心配してくれたのか。ようやく訪問の目的を知り、美晴は胸の裡で感謝した。

「ところで惣領さん、府警本部から通達が出たの聞いてるかな」

「どんな通達ですか」

「合同宿舎の爆破事件を受けて、府下の法務省関連宿舎全館に警備をつけるって。もちろん〈ロスト・ルサンチマン〉が逮捕されるまでの時限措置なんやけど、まあ重大事件が発生すると、現場付近の小学校が警官つけて集団登下校させるんと一緒やね」

「でも関連宿舎全館って何十棟あるか」

「府警の警備部総出でもとても足りひんから、他の部署から応援をもらうことになる。お蔭で地域課や生活安全課も人が取られたらしいね」

籾井の不安が見事に的中したということか。

「それでのうても府警本部も所轄も人手不足やったしね。そろそろ通常業務にも支障が出てくるんやないかな」

テロリストの目的は秩序の破壊と不安の醸成——脳裏に榊の言葉が甦る。人員の配置が偏る中で日常業務に拘泥《こうでい》すると、どこかに軋《きし》みが生じる。その軋みもまた秩序の破壊だ。今、検察に課せられた使命は公判を進めて、一日でも早く笹清政市の刑を確定させることだ。笹清政市の行為が社会への抗議などという高尚なものではなく、手前勝手で同情の余地もない殺戮であることを天下に知らしめなければならない。崇拝の対象である笹清の処遇に決着がつけば、〈ロスト・ルサンチマン〉とその賛同者たちの熱も冷めるだろう。

「健闘を祈る」

そう言い残して仁科は執務室を出ていった。


検事調べは午前十時に始まった。今回も笹清一人だけが個別に護送されてくる。三度目の尋問にも拘わらず特別対応が続いているのは、言うに及ばず笹清を巡るテロ活動が一向に終息する気配を見せないからだろう。

不破が不在のため検事調べは美晴が代行する旨を伝えると、護送係の警察官は当惑気味に確認してきた。

「では執務室に事務官と容疑者二人きりの状態になりますね。大丈夫ですか」

原則、検事調べの最中は執務室に警察官が立ち入らないことになっている。

「もし、どうしても必要であれば我々が傍に待機しますが」

女と見て職業意識を発揮してくれるのだろうが、だからといって自分の都合で決まり事を変更するのは抵抗がある。

しかも前回は五人もいた護送係が今日は二人しかいない。府警本部からの通達による人員配置の偏りが、早速被疑者護送にまで及んでいる。

「被疑者は手錠と腰縄で拘束されているんですよね。それであれば執務室の外に待機していただくだけで結構です」

「そうですか。でも何か不測の事態が生じたら、すぐに呼んでください」

ほどなくして部屋の中に笹清が連行されてきた。手錠に腰縄姿のまま椅子に固定される。腰縄の端が椅子にがっちりと結《ゆ》わえられているので、笹清は立ち上がることもできない。

警察官が退席して執務室には美晴と笹清の二人だけになる。笹清は相変わらず不健康な体型をしているが、表情は前回よりもどこか潑溂《はつらつ》としている。潑溂としている理由は考えたくもない。

「いつもの検事さんじゃないんですか」

「検事は不在なのでわたしが代行します。事務官の惣領といいます」

「不在ねえ」

いきなり笹清は揶揄するような笑みを浮かべる。

「新聞、読みましたよ。不破さんでしたっけ。昨日の合同宿舎の爆破事件に巻き込まれて病院送りになったんですよね」

冷静に対処しようとしていたが、のっけから躓《つまず》いた。

「警察は例の〈ロスト・ルサンチマン〉の仕業やないかって疑ってるみたいですけど、俺もそう思いますわ」

「あなたの事件とは関わりのないことです」

「関わりはありますよ。一連のテロ事件は全部俺の無罪放免を旗印にした活動なんでしょ」

「何が言いたいんですか」

「別に。ただ、俺をぞんざいに扱うととんでもないしっぺ返しを食うってことです。検察も裁判所もその辺の事情を加味して公判に臨んでほしいです」

「自分の願望をストレートに表明するのは悪いことではありませんが、ずいぶんありきたりな内容ですね。先の鑑定時はもっと支離滅裂だったと聞いています」

笹清の顔から揶揄の色が消える。

「御手洗先生から精神鑑定の結果が上がっています。先生の質問に対して、あなたは最初から頓珍漢な回答をし、その後も一貫性のない話と支離滅裂な主張に終始しています。その上で、先生はあなたに責任能力ありと診断しています。額に入れて飾っておきたいほど正常だそうですよ」

いささかの嫌味を込めて言ってやる。笹清は不機嫌さを隠そうともしない。

「そんなことはないという顔ですね」

「あの医者はヤブだ」

「まさか。斯界《しかい》の権威と謳《うた》われている人ですよ。裁判所でも御手洗先生の鑑定書は全幅の信頼を得ています」

「精神鑑定の結果なんて、それぞれの鑑定医で違ってくる」

「ええ、だからこそ一番信用できる先生にお願いしたんです。この先、あなたの弁護人がどう出るかは分かりませんが、仮に別の鑑定医に鑑定を依頼したとしても法廷は御手洗先生の鑑定を採用するでしょうね。精神医学には門外漢のわたしの目から見ても、あなたの詐病は明らかです」

「詐病なんかやない。俺はホンマに頭のネジがイカれてるんです」

「パラドックスですね。精神疾患を患《わずら》っている人が、自分で自分を異常だなんて言いませんよ」

実際に全ての精神疾患が自覚症状を伴わないのか、美晴は知る由もない。だが笹清が明確に精神疾患を偽っているのであれば、この程度の挑発は許容範囲だろう。案の定、笹清は敵愾心《てきがいしん》を露にした。

「偉そうに言うな」

「前回の尋問に答えた内容と鑑定時の答えには大きな隔《へだ》たりがあります。鑑定医でなくても、あなたが刑法第三十九条を盾《たて》に公判逃れを目論んでいるくらいは見当がつきます。とてもじゃありませんが、潔《いさぎよ》い態度には見えません」

「どうして検察の前で潔い態度を取らなあかんねん」

詐病が使えないと知って戦法を変えてきたらしい。どちらにしても見苦しいことこの上ない。犯行動機は自分を蔑ろにした世間への抗議行動だったと大層なことを言うなら、せめてしたことの責任を認めるのが最低限の覚悟ではないか。

だが笹清に通用する話とは思えないので、敢えてそれ以上は追及しなかった。今するべきは、笹清が詐病を用いて公判から逃れようとした事実を検面調書に落とし込むことだ。

「俺の心証が悪くなるのが、そんなに嬉しいですか」

「嬉しいとかではなく、あなたに正当な裁きを受けさせるのが検察の務めです」

「へっ、ええカッコしいやなあ」

こちらを舐めているのか、不破を相手にしている時よりも粗野な方向に饒舌《じょうぜつ》だった。

「惣領さんやったな。事務官に採用されて何年ですか」

「あなたに質問しているんです」

「見た目はまだ二十代。四大を出て、すぐ採用されたクチやな。検察事務官ゆうたら公務員やから女だてらに立派なエリートや」

情けないことに、女だてらという言葉に反応する自分がいる。美晴は怒りを抑えて笹清を睨みつける。

「人生はタイミング。自分で言うのも何やけど、俺、高校でも大学でも成績は上位やった。それまではあんまし挫折した経験もなかったから、このまま順調に就職して、独立して、家庭持って、出世して、穏やかに年をとっていくんやと漠然と思うてた。ところがぶち当たったんが就職氷河期や。生まれるタイミングがあと三年も違《ちご》うてたら、今頃俺はあんたの上司やったかもしれん。いや、ひょっとしたら検事になってたかもな」

たとえ検事になっていたとしても、この男の下で働くのは嫌だと思った。

「生憎、タイミングだけで人生が決まるとは考えていません。そこには本人の努力や周囲の協力があって」

「そうかな。俺に殺された七人、あの日あの場所に居合わせたのもタイミングでしょ。タイミングが生死を分けた好例やん」

不破とともに被害者遺族の言葉を聞いてきた美晴には我慢のならないひと言だった。

思わず罵倒の言葉を吐きそうになったが、すんでのところで止めた。動揺を知られたくないので、奥歯を嚙み締めて表情を殺す。

不意に納得した。

感情を抑えようとすれば表情は自ずと硬直する。不破が能面で通しているのは、これが理由に違いない。

笹清は挑発するように笑っている。切り返す必要はないが、何か言い返さなければペースに吞み込まれる。

「それは詭弁《きべん》ですね。そもそもあなたに殺意がなければあんな悲劇は生まれなかった。とにかく、あなたがどれほど人命を軽視しているかがよく分かる発言です」

「わっかりやす」

笹清の笑みが不遜なものに変わる。

「一生懸命に仏頂面《ぶっちょうづら》決め込んでるけど、感情がダダ洩れや。惣領さん、容疑者に尋問すんの、これが初めてと違うか」

「あなたには関係のないことです」

「ふうん、否定はせんのや」

「岸和田駅で七人もの人命を奪った時、後悔とかはしなかったんですか」

「後悔ならしましたよ。日頃からもっと運転に慣れてたらと何度思ったことか」

「運転慣れしていたら、どうだったと言うんですか」

「お互いの利益になったと思います」

言葉にせずとも顔色と態度で分かる。

運転技術があれば三人よりもっと大勢の人間を轢き殺せた。笹清は暗にそう言っているのだ。だが明言すれば検面調書に記載されて心証を悪くするので、曖昧な表現で誤魔化している。

「正直言うと、惣領さんが代行で助かった」

次に笹清は安堵の表情を見せる。よくころころと顔つきの変わる男だ。

「あの検事さん、俺が何をどう言うても眉一つ動かさん。あれ、相対しとる人間からするとメッチャ不気味やからな。言わんでもええことをつい口走りそうで、生きた心地がせえへんかった。その点、あんたは安心してお喋りできる」

落ち着け、これも挑発の一つだ。

だが笹清が示す事実に誤認はない。不破に比べて自分は呆れるほど感情が面に出る。駆け引きの相手として、これほど御《ぎょ》しやすい対象もいないだろう。

堪えろ。

ここで堪えることが不破に近づく一歩になる。

「それはよかったですね。じゃあ安心して喋れるのなら、犯行動機についてもっと深く掘り下げた話をしましょうか」

「なかなか興味深い提案ですけど、惣領さんはそれより気になることがあるん違いますか」

「何のことでしょう」

「病院に担ぎ込まれた検事さんの件ですよ。新聞には詳しい容態まで載ってませんでしたけど、実際はどうなんですか。やっぱり危篤状態だったりするんですか。それとも、とっくに死んどったりして」

今度こそ感情が爆発しそうになる。だが美晴は不破の能面を思い出して耐えた。

「本件には関係のないことです」

振り絞るように言葉を吐くと、美晴は笹清から犯行が無差別殺人であったという言質《げんち》を取りにいく。

しかし笹清はのらりくらりと答えをはぐらかすだけだった。

2

結局、代行の検事調べは美晴にとって不本意な結果に終わった。笹清の口からは目ぼしい供述を引き出せないまま時間切れとなったのだ。不破の業務は山積しており、笹清相手に過分の時間を割く余裕もなかった。

「明日も同じ時間に来てもらいます」

美晴がそう告げると、警官二人に両脇を挟まれた笹清は捨て台詞を忘れなかった。

「明日も惣領さんが相手ならええんですけど」

「どういう意味ですか」

「検事さんがあんな目に遭ったんや。事務官さんが同じ目に遭わんとは限らんでしょ」

「早く連れていってください」

笹清は余裕ありげに笑いながら部屋を出ていく。美晴はその背中に向けて無言の呪詛《じゅそ》を浴びせる。

尋問している間は夢中で感じなかったが、一人きりになった途端に己の不甲斐なさが身に沁《し》みてきた。

敗北感が胸に下りてくる。今まで何百回となく検事調べに同席して不破の手法を学んでいるはずなのに、いいように振り回された。揶揄と皮肉と挑発に翻弄《ほんろう》されて、有益な供述一つ引き出せなかった。

仁科からは凡百の検事と同じ仕事をすればいいと慰められたが、これではその域にも達していない。

ふと机の横に視線を移せば、送検されたばかりの捜査資料が段ボール箱四箱に収まっている。今から内容の照合確認を始めたとしても残業は間違いない。

もっとも合同宿舎に帰ったところでエントランスは未だ爆発の跡も生々しく、自室に籠っても不安が拭いきれない。それくらいなら庁舎に寝泊まりする方がまだ安心できる。

しかし一番の気懸りはやはり不破の容態だ。救急センターへの問い合わせは仁科が定期的にしており、変化があれば美晴に一報が入る手筈になっている。ところが仁科からはまだその一報すらもない。

不破は依然として意識不明の重体のままなのだろうか。迷惑かとも思ったが、美晴はスマートフォンで仁科を呼んでみる。

『はい、仁科です』

「惣領です。お忙しいところ申し訳ありません。不破検事の容態に変化はありました」

『ちょうど今しがた病院に確認した。不破検事に刺さっていた鉄片は抜いたけど、肺と胃に届いてたらしい。ずいぶん出血して、輸血が大変やったって』

不破に刺さっていた鉄片の形状は未だ記憶に新しい。目を閉じずとも当時の光景が甦る。火薬と血の臭いまでも鮮明に思い出せる。

「輸血用の血は足りているんですか」

『不破検事、A型やから血液製剤は充分足りてるみたい。それよりは不破検事の意識がまだ戻らん。失血が多過ぎてショック状態が続いてる』

血が足りているとなれば、美晴が手助けできることは何もない。面会謝絶だから病院に行っても門前払いを食うのが関の山だろう。

それでも何かせずにはいられない。じっとしているのは耐えられない。

『惣領さんのことやから焦《じ》れてると思うけど、今不破検事を助けられるんは主治医の先生だけや。惣領さんは不破検事の仕事を代行する。わたしは前田くんの業務を代行する。今はそれぞれができる仕事をするしかないんやからね』

ここまで見透かされていたのでは返す言葉もない。

「折角《せつかく》、仁科課長に発破をかけられたのに大して結果を出せませんでした」

『不破検事以外はどの検事もそんなもんよ。基本、員面調書の確認と補足くらいやからね』

さすがに少し言い過ぎだと思ったが、仁科の物言いには不思議に嫌味がない。

『第一やね、惣領さんが甲斐甲斐しく見舞いに行ったところで、不破検事が目ェ覚ましたら何て言うと思う』

「『こんなところで何をしている。さっさと仕事に戻れ』」

『正解。まさかベッドの上の重傷者に叱られたないでしょ』

了解しました。

そう答えて会話を閉じた瞬間だった。

突然、館内に警報が鳴り響いた。

＊

笹清の検事調べが終了したのは午前十一時を少し回った頃だった。

護送係の平沼《ひらぬま》巡査は加藤《かとう》巡査とともに執務室の笹清を立ち上がらせた。

「明日も惣領さんが相手ならええんですけど」

「どういう意味ですか」

「検事さんがあんな目に遭ったんや。事務官さんが同じ目に遭わんとは限らんでしょ」

「早く連れていってください」

笹清は余裕ありげに笑いながら平沼たちに連れ出されていく。

加藤はともかくとして、平沼は被疑者を護送するのは初めてだった。普段は府警本部内の警備に携わっているが、本日下された通達によって急遽護送係に回された。仲間内では玉突き配備などと自嘲《じちょう》する者もいるが、本部内から目に見えて警官の姿が消えているのを考えると仕方がないと思える。

だが選りに選って、一連の事件の元凶である笹清政市の護送とは。

護送中、平沼はちらちらと笹清を観察する。不健康な太り方をしており、とても七人もの老若男女を殺戮して回った体型とは思えない。普段であれば容疑者をじろじろ眺めることはないのだが、護送という名目であれば監視も任務のうちに含まれる。

体型以外に特筆すべき外見はない。三十代にしては少し老けているが、どこにでもいる普通の陰気臭い男だ。通り魔事件の犯人であるのもそうだが、テロ活動を夢想しているロスジェネ世代の英雄に祭り上げられている事実が信じ難い。

そもそも笹清の犯行に端を発した連続テロ事件という事実自体に現実味がない。実際に各地検に被害が出ているものの、この国の出来事とは思えない。過去にカルト教団の起こした事件があったものの、日本というのはテロリズムと一番縁遠い国のはずではないか。それがこうも呆気なく、そして何件も立て続けに起こってしまうとは。

どれだけ本部長から通達が下りようと、どれだけ通常業務をこなしていようと非現実感が拭えない。まるで自分がフィクションの世界に迷い込んだような錯覚にすら陥る。

それもこれも全てはこの手錠と腰縄姿の男のせいだと思うと複雑な心境になる。一刻も早く、護送係から解放されたい。

通常、護送車は地検の入っている中之島合同庁舎前に横づけされるらしいが、今回の爆破事件で立入禁止区域が生じたため、少し離れた場所に停車してある。ただし離れていると言っても正面玄関からはたかが二十メートルほどなので、大した違いはない。

その距離感が油断を招いた。

護送車まであと十メートルの位置まで進んだ時、背後に存在を感じた。

振り返る間もなく、反対側を歩いていた加藤がぐらりと体勢を崩す。彼の手に握られていた腰縄の端が解き放たれる。

何が起きた。

視界の隅に映ったのは黒い人影だった。黒のアポロキャップ、黒いマスク、黒の上下、そして黒い靴。

加藤は背後からタックルを食らったらしい。体勢を崩したまま前方に倒れ込む。黒い人影は機敏《きびん》だった。倒れた衝撃で動けなくなった加藤の腰から手錠を奪い、後ろ手に嵌める。その上で右足首を踏み潰す。

加藤はひと声上げて悶絶《もんぜつ》する。

この間、時間にすればほんの数秒。突然の出来事に平沼は一歩も動けずにいた。

取り押さえなければ。

だが平沼は笹清の身体を捕まえているため、即座に行動に移れない。

護送車に待機している運転手に援軍を頼むしかない。

声を上げようとした直前だった。

笹清の肘が鳩尾《みぞおち》に入り、平沼は呼吸ができなくなる。

一瞬の隙を黒い人影は逃さなかった。鳩尾の鈍痛を堪える平沼の前に回り込み、金的を蹴り上げる。

脳天に達する痛みで立っていられなくなり、平沼は堪らず膝を屈する。そこを後ろから突き倒された。たちまち加藤と同様、奪われた手錠で後ろ手に拘束された。

倒れた際に顎をしたたか打ち、激痛で意識が遠のく。

「誰や」

顔を上げることができず、聴覚からの情報に頼らざるを得ない。尋ねたのは笹清の声だった。

この誰何《すいか》にもう一人が答えた。

「〈ロスト・ルサンチマン〉」

マスクが分厚いせいなのか、くぐもった声で性別も年齢も分からない。

こいつが。

激痛に苦しめられても職業意識が件の犯人を見極めろと命令する。だがわずかに顔を上げて目に入ったのは、向こう側へと走り去っていく二人の後ろ姿だった。

警笛と無線機はホルダーに収められているので手錠のままでは抜き取れない。ただ不様に声を上げて助けを呼ぶしかない。

加藤も自分と似たようなものだった。同じく声を上げて護送車の運転手を呼んでいる。

「笹清が逃げた」

「〈ロスト・ルサンチマン〉が一緒に」

やがて二人の声を聞きつけた警察官が集まってきたが、既に逃亡者たちの姿は視界から消えていた。

次第に痛みが引いていく中、平沼は自分が大変な失態を犯したことを自覚し始める。近年稀に見る凶悪犯の逃亡を許し、あまつさえ連続爆弾犯をもみすみす取り逃がしてしまった。いかに初の護送任務だとしても弁明の余地は一ミリもない。

チクショウ。

慣れない仕事をさせるからだ。

犯した失態の大きさに怯えながら、平沼はやり場のない怒りに囚われる。

＊

館内の警報は庁舎を出たばかりの笹清が逃走したことを知らせるものだった。美晴は仰天《ぎょうてん》し一階フロアに急行する。

まさか。

笹清と護送係の二人が引き上げたのはたった数分前だというのに。

一階まで下りたところで声を掛けられた。

「惣領さん」

「仁科課長。たった今、笹清が逃げたって」

場所がどこかは聞くまでもなかった。二人が玄関を出ると、護送車の前で数人の警察官が右往左往している。護送係の二人は刑事たちに取り囲まれて何やら質問攻めにされている。

「玄関を出て護送車に辿り着くまでの間に急襲されたらしい。護送係の二人は手錠を嵌められて転がされ、その隙に笹清は逃亡」

「笹清が二人を襲ったんですか」

「いや、別の誰かが襲ったって。それで笹清と一緒に逃げた」

「笹清の仲間でしょうか」

「仲間やなかったら一緒に逃げたりせんでしょ」

じわりと自責の念に駆られる。

合同庁舎の敷地内で起きたことだが、護送途中の出来事だから責任の所在は大阪府警側にある。だが検事調べ終了直後というタイミングは美晴の責任感を刺激する。

「襲撃犯がどんなヤツか、どうせすぐ刑事さんから聴取しにくるよ」

詳細な情報を知りたいのは山々だが、それよりも逃走した笹清の行方が気になる。

「逃走に使った足がクルマなのか何か知らんけど、府警本部は総員挙げて追跡するやろね。護送途中に重大事件の容疑者を連れ去られたんやから面目丸つぶれや」

府警本部の面目丸つぶれというのは、右往左往している警察官たちの顔色からでも一目瞭然だった。

既に七人の男女を殺めた笹清をケダモノに喩《たと》える者もいる。その伝に従えば今、ケダモノは野に放たれた。

「少し前、富田林《とんだばやし》署で被疑者が逃げた事件あったでしょ」

その事件は美晴の記憶にも新しい。弁護士の接見終了後に被疑者が仕切り板を破壊して警察署から逃走、四十九日後に山口《やまぐち》県周南《しゅうなん》市の道の駅でようやく逮捕された事件だ。

「あの時、府警本部は連日三千人態勢で捜索を実施したけど、よう捕まえられんかった。逃げた被疑者の容疑は窃盗、婦女暴行、傷害、放火。これかてひどい罪状なのは間違いないけど、笹清はその比やない。わたしが府警本部長やったら連日三千人どころか全警察官を街角に走らす。これで笹清が新たに殺傷事件を起こしてみい。府警本部上層部の首がいくつ飛ぶことか」

仁科はよく軽口を叩くが、徒に不安を煽《あお》る言動はしない。今の言葉は充分に可能性のある話と言って差し支えない。

自責の念に遅れて、恐怖が襲ってきた。

野に放たれた笹清が捕まるかどうかは二の次だ。ケダモノが新たな獲物を前にして、どんな行動に出るのか。

今更ながら背筋に冷たいものが走る。

府警本部捜査一課の事情聴取を受けたのは、それから数分後だった。乙山《おつやま》という刑事は焦燥と恐縮が綯《な》い交《ま》ぜになった顔で質問を繰り返す。

「ご迷惑をおかけして申し訳ありません」

美晴延いては検察側には何の落ち度もなく、起訴しようとする被疑者に逃げられたのだから抗議して当然の事案でもある。美晴は却って同情してしまう。

捜査に協力したいのは山々だったが、如何《いかん》せん提供できる情報は皆無に等しく、こちらが申し訳ない気持ちになる。逆に、乙山からもたらされた情報が更なる衝撃となった。

「襲撃犯が〈ロスト・ルサンチマン〉だったなんて」

「真実かどうかはともかく、護送係の二人は黒ずくめの人物がそう名乗るのを聞いています」

「以前から笹清とは仲間だったんでしょうか」

「不明です。ついでに言えば〈ロスト・ルサンチマン〉の性別も年齢も判然としません。分かっているのは二人して逃走した事実だけです」

ロスジェネ世代のアイコンに祭り上げられた笹清と、祭り上げた本人が邂逅《かいこう》を果たす。当事者とテロを夢想する者たちには心躍る出来事だろうが、平穏を求める市民にはこれ以上の凶事もない。

「最悪の組み合わせですよ」

乙山は顔を強張らせたまま言う。

「こういう仕事をしていると、不謹慎なギャグの一つや二つは自然に出てくるものです」

「ああ、それはよく分かります。お医者さんとかお坊さんもそうだと聞いたことがあります」

「人の生き死にが関わる重大事やから精神安定のために敢えて笑いたい、笑わせたいというのはあるんです。しかし今回の場合は、それも許されへん雰囲気ですよ。迷惑をおかけした惣領事務官やから言うてしまいますけど、今、一課の刑事部屋に女性とお子さんは足を踏み入れん方がええですよ。それくらい殺気立ってます」

だが美晴は頭の中で、刑事部屋よりも近寄りがたい場所を思い浮かべていた。

不破が担ぎ込まれた病室だ。

意識を回復した不破が笹清の逃亡と〈ロスト・ルサンチマン〉の協力を耳にしたら、いったいどんな絶望を感じることだろう。

絶望が不破をベッドに縛りつけてくれるのならまだいい。

最悪なのは、絶望が不破を奮い立たせるケースだった。

3

笹清容疑者逃亡のニュースは瞬く間に拡散された。

報道の先鞭《せんべん》をつけたのはやはり地の利を生かしたABC朝日放送で、事件発生から五分後には速報を流していた。次いで朝日放送系列、NHK、その他の順番で報道され、十分後には全国の人間が笹清と〈ロスト・ルサンチマン〉の逃亡劇を知ることとなる。

反響はパニックに近いものがあった。

『笹清容疑者　警官の目の前で逃亡』

『笹清　近辺に潜伏か』

『移送途中の脱走　問われる大阪府警の管理体制』

『〈ロスト・ルサンチマン〉が共謀か』

『白昼の逃走劇』

報道各社が煽情《せんじょう》的な見出しをつけるまでもなく、一連の報道は一般市民を恐怖のどん底に叩き込んだ。七人もの罪なき善男善女を殺害したにも拘わらず一片も良心の呵責《かしゃく》を覚えない殺人鬼と、ロスジェネ世代の代弁者を騙りながら地検を爆破したテロリストが手を組んだ事実は、平穏な社会生活を送っている一般市民を恐怖させるに充分だった。

〈ロスト・ルサンチマン〉が単なる共感で笹清を奪取したのではないことくらい中学生でも分かる。これ以降、二人が罪を悔い改めるはずがないのも容易に予想がつく。必ずどこかで新たな事件を起こすはずだ。

実際、マスコミ各社の報道内容は、二人の潜伏場所よりも行動予測に比重を置いていた。

次に二人は何をしでかすのか。

その場所はどこなのか。

『これは大阪府警に全責任があります』

在阪テレビ局のニュース番組で、コメンテーターの検察ＯＢは一刀両断に府警本部を切って捨てた。

『大阪地検をはじめとして各司法機関に有形無形の被害が出ています。それなのに笹清を逃がしてしまったのは、被害者を裏切る結果になってしまう。怪我を負った検察官や事務官がこのニュースを知れば血の涙を流しますよ』

検察ＯＢの憤慨はもっともだというようにキャスターが頷く。

『確かにあれだけの被害が出た直後の不祥事ですからね。いったい府警本部は何をしてたんやという批判は当然あるでしょう』

『いやいや不祥事なんて言葉で済む話じゃないですよ。二〇一八年に富田林署でも被疑者逃亡という不祥事がありましたが、あの被疑者の罪状は精々強盗致傷でした。今回とはスケールも凶悪さも桁違いです。わたしが府警本部長なら、今すぐ府下に外出禁止令を出しますよ』

『先生、外出禁止令というのは、ちょっと大袈裟じゃないですか』

『いえいえ、ちっとも大袈裟じゃありません。考えてもみてください。逃げたのは、あの凄惨な事件を起こした笹清政市ですよ。白昼の岸和田駅前でただ自身の不満を解消するために七人を殺した。

言い換えれば、笹清は不満が解消されない限り、いつでも同様の犯行を繰り返す可能性があるという意味なんです。外出禁止が無理というなら、せめて学童の登下校には警官を配備するべきでしょう。こんな状況下では親御さんもおちおち子どもを学校に預けられませんよ』

『笹清たちはどこに潜伏していると考えられますか。富田林の事件では、お遍路さんを装ったりしましたけど』

『変装というのは当然考えられますね。いささか不謹慎な話ですが、虎のユニフォームを着て阪神ファンにでも変装すれば道頓堀《どうとんぼり》を歩いていても通行人には気づかれないでしょう』

『ええと、つまりどこかの廃屋や廃墟《はいきょ》に身を潜めるような真似はしないと』

『笹清が単独行動するのなら、そういう選択をするかもしれませんが、忘れてはならないのは〈ロスト・ルサンチマン〉の存在です。これまでの犯行を鑑みるに、彼は非常に狡猾《こうかつ》であると推察できます。警察が廃屋や廃墟を徹底的に調べるのは当然なので、敢えて裏をかいてくると考えられるのですよ。誰も今すれ違った人間が七人殺しの指名手配犯だなんて思いもしませんからね』

『つまり、笹清や〈ロスト・ルサンチマン〉は今もキタやミナミをうろついている可能性があるんですね』

『可能性があるのではなく、とても高いと言っているんです。だからこそ大阪府警は厳戒態勢を敷く必要があります』

件の検察OBの言葉は直截《ちょくせつ》に過ぎたが、局に抗議の類は一切なかった。視聴者にも彼の警告が絵空事ではなく、すぐ身近にある危機として認識されたからだろう。

機を見るに敏な夕刊紙は笹清の手配写真を一面に掲載した。普段は見過ごしがちな手配写真だが、被疑者が市内をうろついているとなれば話は別だ。その夕刊紙は飛ぶように売れ、新聞社には在庫確認の電話が鳴り響いた。

ＡＢＣ朝日放送に遅れること三十分、大阪府警本部がようやく動きを見せた。富田林署の被疑者逃亡事件で投入した三千人を上回る五千人態勢で捜索を開始したのだ。当然のことながら各地検の警備にあたっていた警察官たちも追跡捜査に割かれるが、これも優先順位を考慮しての方策と思えた。何にしても笹清は司法当局の手から逃れたのだから、〈ロスト・ルサンチマン〉の要望は強引に叶えられた恰好であり、彼が地検にテロを仕掛ける名目も霧消したことになる。

だがどれだけ多くの人員を投入しようと初動が遅れたら意味はない。事件発生から本部長通達に至るまでの三十分は迅速な動きとは言い難かった。事実、事件現場の大阪地検から半径五キロ範囲の主要道路に検問が敷かれ、市内に警官たちが駆り出されたものの、笹清らしい人物は発見できていない。防犯カメラの映像も解析が始まったが、未だに有望な情報はもたらされていない。

発覚から通達に至るまで三十分を要した原因は定かではない。ただ不祥事続きの県警本部において、新たな不祥事の報告が本部長に伝達されるまで各担当者の葛藤なり逡巡なりがあったと考えるのが妥当だろう。

美晴が地獄耳の仁科から伝え聞いたところによると、府警副本部長は帯津警備部長を呼びつけて怒髪天を衝く勢いで叱責したらしい。

「〈ロスト・ルサンチマン〉のテロ行為を防ぐ目的で司法施設の警備を厚くしたら、結果的に被疑者護送が手薄になって逃亡を許してしまっただと。そういうのを本末転倒というのだ」

副本部長による叱責は無論本部長の代行なのだが、実は別の側面もある。現在府警本部のナンバ

－2である副本部長は刑事部出身であり、予《かね》て本部長の席が警備部出身に独占されていることに大いなる不満を抱いていた。笹清の逃亡はそのさ中に起きた事件であり、警備部長の責任を追及して失墜させるには絶好の機会だったのだ。

「あれほどの重大事件の被疑者をみすみす逃がした失点は言うに及ばず、仮に笹清が新たな犯行に手を染めた場合、帯津警備部長はどう責任を取るつもりだ」

帯津はひと言も言い返すことができず、蒼《あお》い顔をしていた。これまで警察機構の中を順調に渡り歩いていた帯津にとっては降って湧いたような災難だが、反論できる立場ではない。

「わざわざ鎖《くさり》に繋いでいたケダモノを市内に解き放った。これで市民に被害が出てみろ。その責は万死に値するぞ」

帯津は低頭するばかりで一切の弁解を許されない。己が誇示していた権力が反転して牙を剝いた局面だった。


「という話やってん」

喫煙コーナーの中、仁科は二人のやり取りを見てきたかのように再現してみせる。美晴は呆気に取られて仁科の熱演に感心するばかりだった。

「よくそんな話を拾ってきますね、仁科課長。地獄耳にも程があります」

「府警本部にも友だち多いからね、わたし」

情報収集能力は交際範囲に比例する。仁科はその生きた見本と言っていいだろう。

「今回の笹清逃亡は明らかに警備の隙を突かれた帯津さんの失態や。一連の爆破事件が笹清周辺の警備を甘くさせる〈ロスト・ルサンチマン〉の陽動作戦やったとしたら、まんまと引っ掛かった帯津さんこそいい面の皮やからね。帯津さんが歯噛みしてる姿が目に見えるようや」

「笹清たちの捜索に五千人態勢で臨んでいるのは、そのためですか」

「前にも言うたけど、わたしやったら府警の全警察官を投入するところを五千人に留めてんのは、帯津さんなりのバランス感覚やろね。司法施設の警備に力を入れ過ぎた反省があると思うわ」

「でも現状、警察官五千人を投入しても未だに何の手掛かりもないという話じゃないですか」

「初動が遅れたからなあ。事件発生から五分以内に本部に連絡が入っていたら二人ともお縄にできたとか言うてる幹部もおるらしいけど、たらればの話してもしゃーないし」

仁科の楽天的な口調に自暴自棄めいた響きも聞き取れる。

「何せ一度爆破された地検やからね。さすがに続けて二度は狙われへんやろと思って。それに、実を言うともうあまり怖あない」

「どうしてですか」

「大阪地検最大戦力の不破検事が欠けてるんや。これ以上誰を失《うしの》うても戦力に大差ないしね」

美晴は慌てて喫煙コーナーの外を見回す。幸い人影は見当たらないが、今の発言が下手に広まれば、仁科はもちろん不破にも迷惑が及ぶ。

「気にせんでええよ、惣領さん。不破検事の存在価値は庁舎にいる者なら誰でも知ってる。今更総務課長が口にしたところで反論するヤツなんていてへんよ」

「反論しなくたっていい気持ちにはならないでしょう」

「あのね、惣領さん。惣領さんは不破検事にべったりやから気づいてへんかもしれんけど、不破検事は周囲からえろう煙たがられてるでしょ」

「それはひしひしと感じます」

「煙たがられてんのは超有能やからや。能力ない人間を、誰が煙たいなんて思うもんかね。不破検事の不在が心細いのは全職員共通の思いなんよ」

「不破検事が聞いたら喜ぶと思います」

途端に仁科は破顔一笑する。

「そんなんで喜ぶかいな、あの能面が。ところで見舞いは行ってるの」

「いえ、検事の代行分まで業務をこなしていると、病院の開いている時間にはなかなか間に合わなくて」

「うーん。二人分以上の仕事量やからねえ」

「不破検事の意識が戻れば、すぐに連絡をくれるようにお願いしてありますから」

不意に仁科の表情が翳《かげ》る。

「まだ意識戻ってへんのやね」

問われて美晴は言葉を失う。鉄片の摘出手術は無事に成功したが、臓器損壊と失血のショックが甚大とのことだった。従って峠《とうげ》は越えたものの、まだまだ予断を許さない状況が続いている。

ふと不破が復帰できない現場を想像する時があるが、決まって別のことを考えて忘れるようにしている。不破を失った大阪地検など到底考えられない。本当なら毎日でも見舞いに行きたいところだが、日常業務も満足にこなせないまま面会すれば「こんなところで油を売るな」と一喝されるのが関の山だ。加えて仕事に没頭している間は不安や絶望を忘れられるという利点もある。

そうだ。美晴は不安で仕方がないのだ。

不破が結果的に我が身を呈して庇ってくれたが、本来あの爆発は美晴が受けるべきものだった。仁科の弁ではないが、もしあの時、被害に遭ったのが自分だったらと考えてしまう。美晴と同レベル以上の事務能力を有する事務官は大勢いる。仮に美晴が病院送りになっても代わりは山ほどいる。だが不破の代わりは誰もいない。不破が従前通りの捜査を進めていれば〈ロスト・ルサンチマン〉の正体を明らかにしていたかもしれない。運命は怪我をさせる人間を間違えている。人間の重要度を測り損なっている。

ああ、駄目だ。

落ち込んで得になることなど一つもないのが分かっているのに、考えれば考えるほどネガティブになっていく。

美晴は雑念を払拭するように頭を振る。

「惣領さん」

「は、はい」

「今、どうせなら自分が怪我した方がよかったとか思うてなかったか。そんなん絶対に考えたらアカンよ」

仁科は叱るような目でこちらを睨んだ。

「誰が怪我したら損やとか得やとか、そういう考え方は不破検事が一番嫌うと思う」

「そう、ですよね」

「今、わたしらにできるのは待つことしかない。不破検事が意識を恢復《かいふく》させるのと、笹清と〈ロスト・ルサンチマン〉が発見されるのと二つ。大阪府警かて人狩りのプロや。五千人も投入しておいて空振りゆうこともないやろ」

仁科の言葉に勇気づけられ、いったん美晴の不安は紛れる。

だが心の隅では経験則が蠢《うごめ》く。いくら人間を投入しようと、タイミングを間違えればドブに放り込むようなものだった。

＊

事件発生から通達まで三十分の遅れは致命的だったと指摘する識者は多い。笹清を奪取した〈ロスト・ルサンチマン〉が敷地外へ走り去った事実が念頭にあり、逃走用の車両に注意が及ばなかったのも二人を取り逃がした原因だった。

現場となった大阪中之島合同庁舎は田蓑《たみの》橋《ばし》北詰交差点の角地にあり、日中の交通量は市内でも有数だ。一時的に路上駐車する者も少なくなく、〈ロスト・ルサンチマン〉がその一人であったとしても不思議ではない。

合同庁舎の敷地内に設置されていた防犯カメラも、田蓑橋付近には一台もない。不審な人物および車両を洗い出すには付近を走行していたクルマに搭載されていたドライブレコーダーを精査するべきだが、初動捜査の遅れが災いして未だに該当する車両は特定できていない。

初動捜査の遅れが対応の遅れを生み、対応の遅れが初動捜査を更に鈍重にする。こうして負のスパイラルに陥った捜査本部は怒りと羞恥だけが空回りし、効果的な手を打てずにいた。

最初に笹清を取り調べた岸和田署の成島も府警本部の失態に業を煮やしている一人だった。

「どうして現場の報告が、すぐトップに上がらないんだ」

成島の嘆きは刑事部屋にいる全員に聞こえたはずだが咎《とが》める者は誰もいない。それでも隣に座っていた緑川は落ち着けというようにとりなす。

「本部の問題でしょうね。所轄の俺たちが愚痴ったところでどうしようもない」

「しかしな、折角俺たちが捕まえた笹清を呆気なく奪われた。護送係の二人は抵抗らしい抵抗もできなかったという話じゃないか。情けないったらない」

口に出しても憤りは一向に収まらない。むしろ喋れば喋るほど激烈になっていく。

「そのくせ、所轄の人間には休日返上で捜査にあたれと命令する。責任の押しつけもいい加減にしやがれ」

愚痴どころか本部批判になっていたが、成島の言葉に反論は出ない。当然だろう。おそらくここにいる全員が本部の対応を苦々しく思っているのだ。実際、今週中に休日を取っていた捜査員は全員予定変更を余儀なくされている。笹清が逃亡した五月十三日は成島も緑川も非番だったので難を逃れたものの、それ以外の捜査員の心情たるや同情を禁じ得ない。非番でなければ家族と碌に顔を合わせられない者も多く、中には恋人との逢瀬《おうせ》がフイになった者もいる。

「しかも選りに選って〈ロスト・ルサンチマン〉と連れ立っての逃亡ときた。殺人鬼とテロリストのタッグなんざ、シャレにもならん」

「もう、その辺にしておきましょう」

緑川が見かねたように成島の肩を叩く。他の捜査員同様、二人にも重点地域の捜査が命じられていた。

「俺たちがもう一度、笹清を捕まえましょう。それで成島さんも鬱憤が晴れるでしょう」

二人が向かった先は最初の惨劇の舞台になった岸和田駅前だった。重点地域に指定された理由はただ一点、笹清が舞い戻る可能性が濃厚だからだ。

老若男女問わず七人が虐殺された現場は、笹清が最初のスポットライトを浴びた場所でもある。本人にしてみれば初舞台の場であり、特に興味をそそられる場所だろう。

だが被害者と被害者遺族にとっては悲嘆と慟哭《どうこく》の地だ。現場に居合わせた捜査関係者と救急隊員にとっては義憤と失意の地だ。現場に近づくにつれて成島の足は、どうしようもなく重くなる。

「大丈夫ですか」

横並びで歩いている緑川が気遣わし気に訊いてくる。

「今にも誰かに殴り掛かるような、おっそろしい顔をしてますよ」

無意識のうちに顔面が引き攣《つ》っていたらしい。成島は自分の両頰を叩いてみせる。

「どうもな。あの流血の場面と笹清の薄ら笑いを思い出す度に表情がきつくなる」

「そうですか。俺は反吐《へど》が出そうになります」

「凶悪な顔になるのと反吐が出そうになるのと、どっちが下品かね」

「あんまり違いませんね」

緑川は器用にこちらと調子を合わせてくる。成島が必要以上に激昂したり羽目を外したりしないのは、この相棒のお蔭と言っていい。

だが当然ながら緑川にも悲憤があり、憎悪がある。笹清に命を奪われ、家族を奪われた者への同情もある。成島のように口にしないだけで、笹清に対する憤怒も人一倍だ。被害者たちの変わり果てた姿を目にした時の緑川の絶望を成島は見逃さなかった。普段から感情を抑えようとしているが、あの惨状を目の当たりにすれば隠しようもない。

昼日中の駅前は人通りもまばらで、気の抜けたような静けさが漂っている。だが歩道の隅に置かれた献花台が成島の胸をざわつかせる。通り魔事件から一カ月以上が経過したにも拘わらず、台の上には献花や菓子が溢れ返っている。中には台の前で合掌する通行人さえいる。

岸和田市民にはもう一カ月ではなく、まだ一カ月なのだ。成島はつい思いを吐く。

「人情の街、か。いや、あの惨劇が間近で起きたら大抵の市民はこういう反応だよな」

「ええ。だけど、いつまで経っても悲劇が忘れられないというのも辛いですね」

二人は献花台の前に立ち無言のうちに合掌する。

死者を弔う際は心が鎮まるはずだった。しかし成島の脳裏には血塗れの被害者と笑う笹清が交互に現れ、とても厳粛な気持ちにはなれない。

「献花台の前で凶暴な顔をしないでくださいよ」

「悪い」

「通行人が怯えます」

「ついでに笹清と〈ロスト・ルサンチマン〉が怯えてくれればいいが」

二人は献花台を離れると、改札口に続く階段の陰に身を潜めた。

通り魔事件以降、岸和田駅には新たに十台もの防犯カメラが増設された。現在、二人が張っている場所もカメラの撮影範囲内に入っている。時既に遅しの感があるが、南海電鉄としては必要に迫られての対応だったに違いない。組織の対応は言葉だけでなく、目に見えるかたちが不可欠となる。

駅には成島以外にも六人の捜査員が東西の出口に張りついている。いつ笹清が現れても対処できるよう、全員が拳銃の携帯を命じられている。笹清も危険だが、アンホ爆弾製造に精通した〈ロスト・ルサンチマン〉はもっと危険だ。

成島はジャケットの上から拳銃の感触を確かめ、緊張感を途切れさせまいと自らを叱咤した。

「笹清、来ると思うか」

成島の問いに緑川は首を横に振る。

「笹清単独なら来そうな気はします。自分がしでかした事件の跡を見物しそうなヤツですからね。しかし〈ロスト・ルサンチマン〉が同行しているとなると分かりません。少なくとも笹清よりは慎重を期すでしょう」

「俺たちとしては慎重になってもらっては困る。ついでに丸腰でも困る」

「どうして」

「相手が武器なりアンホ爆弾なりを携えていたら、迷わずに相手を撃てる」

警察官職務執行法の下、警官が発砲できると教えられているケースは次の三つだ。

1　発砲対象が「死刑又は無期若しくは長期三年以上の懲役若しくは禁錮にあたる兇悪な罪」に当たる場合。

2　発砲対象が人の生命又は身体に危害を与えると予測できる場合。

3　前二号に掲げる場合の他、人の生命又は身体に対して危害を及ぼす惧れがあり、且つ凶器を携帯するなど著しく人を畏怖《いふ》させるような状態にある場合。

笹清と〈ロスト・ルサンチマン〉が武器や爆弾を携帯していれば三条件に文句なしに合致する。足腰を撃って動きを封じるのが発砲の目的だが、手元が狂って急所を貫いたとしても世間は大目に見てくれるかもしれない。笹清たちに赤っ恥を搔かされた府警本部も温情を示してくれるに違いない。

「成島さん」

緑川は再び気遣わしげにこちらを見る。

「まさか」

「万が一ってこともある。それに俺が狙撃の下手なことは署の連中全員が知っている」

「悪い冗談はやめてください」

「冗談に聞こえたのならいい」

緑川の顔に陰が差したが、成島は構わず歩道から目を離さなかった。

どこにいる、笹清。

頼むから出てきてくれ。

できれば俺の目の前に。

4

五月十五日。

笹清逃亡から二日が経過して尚、二人の消息は杳《よう》として摑めなかった。府警本部は五千人態勢の緊急配備を継続していたが、確たる目撃情報一つさえ入手に至っていない。

無論、善良なる市民からの情報提供はひっきりなしに入っている。

『駅前で笹清らしい男が黒ずくめの男とふたりでいるのを見た』

『隣の部屋に出入りしている男が笹清と瓜《うり》二つだ』

『〇〇町で徘徊《はいかい》しているホームレスが〈ロスト・ルサンチマン〉に違いない』

二日で三千件近くの通報がなされ、各所轄の捜査員が確認に奔走したが、そのいずれもが誤情報でしかなかった。

箕面《みのお》署の普代《ふだい》巡査も誤情報に振り回された一人だった。応頂山麓《おうちょうさんろく》の交番に勤める自分には縁のない話と高を括っていたが、善良なる市民もしくは物好きはどこにでも存在するらしく、この二日間でつごう四件もの通報を受けた。そして御多分に洩れず四件とも空振りだった。

交番勤務になってもう五年、緊急配備の報は何度も受けたが、これほど大掛かりで且つ実入りのない事件はない。笹清と〈ロスト・ルサンチマン〉に関する情報は全所轄へリアルタイムで送信される手筈になっているが、普代が見聞きする限り有益なものは皆無だ。

「逃亡犯を見つけるのに協力してくれる姿勢は有難いけど、どうにも手が足りひん」

同僚の桑名《くわな》は交番に戻ってくるなりペットボトルの緑茶をがぶ飲みする。桑名も今しがた通報の確認から帰還したばかりだった。

「黒ずくめの怪しい男が歩道を走っているからと直行したら、完っ璧なＵＶ対策をした市民ランナーやった。紛らわしいったらないわ」

「〈ロスト・ルサンチマン〉の黒ずくめは府民にも知れ渡っとる。目端が利くヤツやったら、外出時に黒っぽい服は着いひん」

普代は同調するように言う。市民からの通報も有難いが、誤情報を拡散させない配慮もしてほしいと思う。

「しかしまあ、見事に消え失せたもんさ。こんだけ情報が入ってこんのは敵ながら天晴《あっぱれ》やと思うわ」

「そうでもない」

普代は不満を露にする。どうせ聞いているのは桑名だけだ。

「三十分の初動遅れ。笹清の逃亡を許しているのは一にも二にもそれが原因や」

「お前、相変わらず府警本部には辛辣《しんらつ》やなー」

「辛辣も何も、報告を遅らせたんは本部勤めの数人や。そのたかだか数人のために大阪府警五千人の警官が足を棒にしてんねん。所轄から非難されて当然やろ」

交番勤務の普代にとって府警本部の幹部連中は雲の上の存在だが、だからこそ恨みの対象にもなる。自分たちが靴の底をすり減らしている最中も、彼らはただ命令し右往左往するだけではないか。

「通達を出すのもええけど、一度くらい俺たちと一緒になって巡回区域を自転車で走ってみいちゅうねん」

「まあ無理やろ」

「あいつら、走るにしても保身に走りよる」

「もうやめとけ。誰が聞き耳立ててるか分からんぞ」

「ここには俺とお前の二人しかいてへん。誰が聞いとるもんか」

「それはどうやろ。案外机の下に盗聴器が仕掛けてあって、今にも『このボケェ』って電話が掛かってくるかもしれんぞ」

アホな、と言おうとした瞬間、卓上の電話が鳴った。

思わず桑名と顔を見合わせる。桑名はお前が取れと言わんばかりに電話を顎で指す。

普代は束《つか》の間逡巡するがコール音は構わず鳴り続ける。やむなく、そろそろと腕を伸ばす。

「はい、応頂山交番」

『通信指令室です』

通信指令室と聞いて呼吸が浅くなる。

『十一時四十五分、通報が入りました。応頂山、勝尾寺《かつおじ》から府道四十三号線の山道を二キロ下った地点で死体らしきものを発見したとの内容です』

何だ、別件だったか。

『発見者は角谷《かどや》と名乗る男性で、今も現場に待機しています』

「了解、直ちに向かいます」

電話を切ってから内容を伝えると、桑名は片手をひらひらと振ってみせた。

「俺は帰ってきたばかりだ。お前、行ってきてくれ」

区域の巡回は交代制だ。イタズラ電話の可能性もあり、ここは自分が出動するのが筋だろう。

「留守を頼む」

そう言い残して、今度は普代が自転車のサドルに跨《また》がった。

応頂山と言えば勝尾寺だ。箕面国定公園の中心にあり、千三百年の昔より勝運の寺として信仰されている。大阪府下でも唯一自然の残された場所であり、社員研修の場としても広く利用されている。

府道四十三号線から箕面国定公園内を通る。初めの二キロは緩やかな坂、次の二キロは平坦と少し下り、ラスト三キロは再び登りとなるが急勾配の区間はなく自転車でも余裕で登坂できる。自動二輪車は通行禁止だから自動車が多く、駐車場付近や箕面大滝周辺には歩行者が目立つ。

余裕で登坂できるが、人力である以上は相応に汗を掻く。これでイタズラ電話だったら、通報者を懲らしめてやりたいところだ。

そろそろ通報の地点が視界に入ってきた。目を凝らせば彼方《かなた》に手を振る人影が見える。おそらくあれが通報者だろう。

近づくと、人影はジャージ姿の青年だった。

「あなたですか、110番通報してくれたのは」

「角谷です」

通報者の氏名と一致する。まずはイタズラ電話ではないらしい。

「死体を発見されたとか」

「こっちです」

角谷は府道の脇に広がる林の中へと普代を誘《いざな》う。

「角谷さん、ひょっとしてどこかの社員研修ですか」

勝尾寺近辺でジャージ姿と言えば、研修中の社員と相場が決まっている。果たして角谷は面目なさそうに打ち明けた。

「ウチは建設会社なんですけどね。今どき地獄の一週間とかで、寺に缶詰め状態ですよ。その上、禁酒禁煙で。どうにも耐えられなくなって寺を抜け出して、この林の中で一服しようとしたところ、死体を見つけちゃって」

府道からほんの十メートルほど分け入った時、視界にその光景が飛び込んできた。

伸びた下草の上に死体が転がっていた。一目で死体と分かったのは、背中から噴き出た血液の量が尋常ではなく、露出した肌が既に生者の色をしていなかったからだ。傷口はちょうど心臓の位置だ。死体の下にも血溜まりができているので貫通している可能性が高い。

普代が死体の傍らに屈んで顔を覗き込んだ時、反射的にあっと声が出た。

長く伸びた髪に無精髭。

手配中の逃亡犯、笹清政市に相違なかった。


数分後、本来なら一番に駆けつけるはずの機捜(機動捜査隊)と所轄を飛ばして、府警本部の捜査員と鑑識が臨場した。少し遅れて到着した検視官は笹清の死亡を確認、死因は鋭利な有尖片刃器《ゆうせんかたばき》が背後から心臓を貫通したことによる失血性ショック死と判断した。検視を終えた後、笹清の死体は直ちに医大の法医学教室に搬送された。

一方、死体発見現場では鑑識係の採取作業と箕面署の捜査員による地取りを開始、半径十キロメートルに及ぶ検問も敷かれた。検問の目的は言うまでもなく〈ロスト・ルサンチマン〉の捕縛にあったが、既に動かなくなった笹清に比べ〈ロスト・ルサンチマン〉は敏捷だ。張り巡らされた包囲網を無効化し、死体発見から十二時間を経過しても、その痕跡すら掴ませなかった。

笹清政市が死体となって発見されたことで府警本部には安堵が、大阪地検には落胆が広がった。

これ以上、笹清が罪を重ねられなくなったのは少なくとも吉と言える。逃亡を許してしまった不手際は依然として責められるだろうが、新たな犠牲者を生む危険は排除された。代わって〈ロスト・ルサンチマン〉を逮捕する目的が増えた。同行していたうちの一人が殺害されたとなれば、もう一方の当事者に疑惑が掛かるのは当然だ。しかし〈ロスト・ルサンチマン〉が笹清を殺害したのであれば動機が分からなくなる。そもそも笹清の逃亡を助けたのが〈ロスト・ルサンチマン〉本人である証拠は何もなく、第三者が名前を騙った可能性もある。いずれにしても〈ロスト・ルサンチマン〉の逮捕は急務だが、こちらは以前からの継続であって懸案事項が増えた訳ではない。今まで二兎《にと》を追っていたのが一兎に減ったのだから却って捜査が容易になったとも言える。

収まらないのは大阪地検だ。笹清を起訴し、さてこれからという時に奪取され、遂には司法の手の届かぬ場所に逃げられてしまった。犯罪者は市井の中で殺されてはならない。それでは私刑の容認になりかねない。重罪人は司法の手で縊《くび》られなければ意味がない。

『痛恨の極みであります』

迫田検事正は会見の席でこう述べた。

『笹清被疑者の死亡は決して望ましいものではありません。亡くなられた被害者とそのご遺族のため、法廷で明らかにせねばならぬことが山積していました。検察の使命は公共の福祉の維持と個人の基本的人権の保障とを全うしつつ、事案の真相を明らかにすることであります。ただ闇雲に重い処分を成果とするのではなく、事案の真相に見合い、国民の良識に適《かな》った相応の処分、相応の科刑の実現であります。そのためにも笹清被疑者は殺されるべきではなかった。返す返すも残念でなりません』

＊

迫田検事正が会見に臨む数時間前、笹清被疑者死亡の知らせは美晴たちにも伝えられた。地検に迷惑を掛けた負い目もあり、府警本部がいち早く知らせてくれたのだが、地検関係者の抱いた感慨は検事正のそれと同様だった。

迫田が会見の席上で述べた内容は、検察の使命を謳った正当なものだ。ただし正当性の裏には、罪びとを罰するのは司法機関でなければならないという本音が覗く。この本音の部分が聞きようによっては傲慢と受け取られるので外部には秘するしかない。

例の如く、地検上層部の思惑は地獄耳の仁科が教えてくれた。次席の榊は迫田の本音をそのまま代弁したらしい。

『笹清を起訴して罪を問うのは我々検察の仕事だ。笹清の生死に関係なく、我々はまたしても〈ロスト・ルサンチマン〉に面目を潰された。ヤツの動機が何であれ、私刑の執行は検察への冒瀆《ぼうとく》であり、法治国家への挑戦と言って差し支えない。〈ロスト・ルサンチマン〉は地検爆破と笹清殺害で、有形無形の反逆を行った。断じて看過することはできない。大阪地検は府警本部との協力態勢を維持しつつ、〈ロスト・ルサンチマン〉の逮捕に全力を挙げる』

普段の榊の言動からは逸脱気味の意思表明だが、同時に大阪地検の総意とも受け取れる。

問題は捜査の陣頭指揮を執るべき人間が意識不明の重体である事実だった。不破が不在の現状、指揮権は次席の榊に委譲される。だが榊が捜査の陣頭指揮を執ったのは数年前で、しかも事案は経済事件だった。今回のようなテロ事件に関しては経験がなく、どこまで能力を発揮できるかは全くの未知数だ。

「正直、次席も困ってると思うよ」

執務室を訪ねた仁科も不安を隠そうともしなかった。

「どっちか言うたら次席は調整型の人間やから、自分が先頭に立って捜査を進めるのは得意やないと思う。調整型やから、不破検事みたく有能な人間が下につけば十全の能力を発揮できる」

榊の言動を目の当たりにしてきた美晴には頷ける話だった。

「次席の立場上、不破検事の仕事を引き継がざるを得ない。でも自分の適性を知っているから腰が引けるか、さもなきゃ先走る。どっちにしても不破検事と同じようには進められん。退《ひ》くも地獄、進むも地獄とはこういうこっちゃね」

「だから困ってるんですね」

「他人事みたいに言いなさんな。指揮権が委譲されるんやから、惣領さんも次席の手足となって働くんよ。惣領さんの能力や資質をまるで知らない次席がよ。あのね、機械の扱い方を知らない素人がマニュアルなしに操作したらどうなると思う」

喩えは乱暴だが言わんとすることは理解できる。生兵法は大怪我の基という諺《ことわざ》があるが、大抵は道具が壊れるか本人が怪我をする。

「次席が怪我をするのはええんよ。あの人はあの人なりにリカバリーの仕方を心得てるから。問題は惣領さんの使い方を誤って、結果、不当に評価されることやね。惣領さん、将来は副検事を狙うとるんやろ」

「はい」

「能力評価を落とされて、そのまま考課されたら響くよ」

不破の心配をするあまり、己の考課について考えを巡らせるのを忘れていた。思い込みは禁物と思いつつ、榊に命令されて自分の能力を充分発揮できる自信はない。

不破は説明が乏《とぼ》しい代わりに、美晴の使い方を知っているように思える。同じ仕事の繰り返しにならぬよう、適所に新しい作業を差し込んでくる。同じ内容の仕事であっても、どうしたら深く習得し、他の方法で展開できるかを常に考えさせてくれる。普段から碌に返事もくれないので、自分で考えざるを得ないのだ。

仁科に指摘されると、改めて不安が募る。自身の扱われ方も然《さ》ることながら、〈ロスト・ルサンチマン〉を逮捕できるのか確信できない。

不破の不在がこれほど応えるとは。

「府警本部は〈ロスト・ルサンチマン〉をテロ行為および殺人容疑両面で追うつもりらしい。次席がどこまで歩調を合わせられるか。もちろん、府警本部の捜査がちんたらしてたら次席が牽引《けんいん》せんとあかん。それが果たして可能かどうか」

「いっそ捜査権を府警本部に丸投げすれば」

皆まで言い終わらぬうちに「馬鹿を言うな」と背中に浴びせられた。

振り返ると、ドアを開けて不破が立っていた。

五　無法の誓約

1

「不破検事」

　思わず美晴は声に出していた。

　不破は包帯も巻いておらず、松葉杖も突いておらず、きちんとジャケットを着込んでいる。とても怪我人には見えない。

「病院から抜け出してきたんですか」

「医師に断りは入れてきた」

「お医者さんは許可してくれたんですか」

　不破は答えない。きっと看護師に伝言だけ残して病室を出たに違いない。例の如く表情からは何も窺えないが、歩く様子で背中を庇っているのが分かる。

「まだ寝ていてください」

「医者でもないくせに指図するな」

不破は自分のデスクに陣取ると、目の前に置かれたファイルに目を通し始めた。自分の入院中に新たな事案が発生していないかを確認しているらしい。

「無理をして出血したらどうするつもりですか」

「出血した分、補給すればいい。それより笹清が殺害された状況を詳しく知りたい」

やはり笹清の事件を知ってデスクに舞い戻ったとみえる。

「笹清の事件をどうして知ったんですか」

「ベッドで目覚めて、すぐにニュースを見た」

まさか取り上げる訳にはいかないが、本人の携帯端末をそのままにしておいたのは失敗だった。

「笹清の司法解剖はもう終わったのか」

「遺体が医大の法医学教室に搬送された事実は聞いています」

「解剖報告書と鑑識報告書を見たい」

不破が言い出したら他人の意見など聞かないのは承知している。だが今回ばかりは事情が違う。

「職場復帰は、せめて主治医の許可を得てからにしてください」

「聞こえなかったのか。医師でもないのに指図をするなと言った」

美晴は困惑して仁科を見るが、最前まで喋っていた彼女は仕方がないといった表情で首を横に振る。

「不破検事が仕事再開するみたいやから、わたしは退散します。不破検事、お大事に」

そう言い残すと、仁科はそそくさと執務室を出ていってしまった。こうなってしまえば美晴一人で不破を説得するのは諦めるべきだろう。

美晴は短く嘆息すると、府警の菅野刑事部長に一報を入れた。菅野も不破の現場復帰を聞かされて大層驚いた様子だった。

『検事はまだ意識不明の重体と聞いていましたが』

まさか当の検事づき事務官が一番面食らっているとは言えない。

「本日から復帰です。ついては笹清被疑者の解剖報告書と鑑識報告書を早急に確認したいとのことです。もう司法解剖は終わりましたか」

『解剖医の先生が他の事案に優先してくれて、つい先ほど終わったばかりです。解剖報告書も鑑識報告書も手元に届いています』

美晴は不破を一瞥する。どう見ても完調には程遠いが、解剖報告書や鑑識報告書が上がっているにも拘わらず明日に回すようなことは決してしない男だ。

現在時刻は午後五時四十五分。府警本部のある中央区大手前まではクルマで十分足らず。

「今からわたしが受領に伺います」

電話を切ってから、念のために不破の様子を窺う。何も言わないので、このまま府警本部に向かえという意思表示と思える。

「報告書を受領してきます」

踵を返した時、声を掛けられた。

「待て」

振り返ると不破がゆらりと立ち上がるところだった。

「わたしも行く」

「そんな。書類を受け取るだけですよ」

「府警本部以外に立ち寄りたい場所がある」

「替えの包帯とか薬なら」

「応頂山麓の交番に向かう。笹清の死体を通報した巡査に会って話を聞きたい」

「もう帰ったかもしれないですよ」

「最初に現場に到着した警察官だ。本部から出向いた捜査員への説明だけではなく、報告書も書かなければならない。おそらく、まだ帰らせてもらえないはずだ。可能なら第一発見者の話も聞きたい」

「確認します」

急いで交番の番号を調べて電話してみる。果たして通報した普代という巡査はまだ交番に残っているという。

「申し訳ありません。捜査担当の不破検事がお話を伺いたいとのことです」

担当検事の名前が出るとは予想していなかったらしく、電話の相手はひどく恐縮した様子で到着を待つと言ってきた。

電話でアポイントを取ってから、再び不破を見る。

「報告書の受領はともかく、本当に箕面まで同行されるつもりですか」

「伝言ゲームでは情報のロスが生じる」

「ネットを経由してリモートで事情聴取することもできます」

「そんな取り調べが本当に有効なら、今頃検事調べは全件リモートになっている」

不破は美晴の脇を通り過ぎてドアへと向かう。

その一瞬、消毒液の臭いが鼻を突いた。


今日ばかりは自分がハンドルを握らなければならない。

不破を後部座席に放り込み、美晴は府警本部へと急行した。とにかくブレーキやカーブで不破の身体に負担をかけさせまいと安全運転に神経を集中させる。

府警本部に到着した美晴は車内に不破を残し、捜査本部から報告書を受領した。本来の受領担当者である美晴が直接受け取るのだから事務上の問題は何もない。礼だけ述べてさっさと戻る。

「受領してきました」

解剖報告書と鑑識報告書を不破に渡し、自分は再び運転席に乗り込む。不破は発車を待たずに中身を取り出した。

「笹清が殺害された状況は聞いているか」

「おおまかには伝え聞いています。背後から心臓をひと突きだったそうですね」

「創口は四十二ミリ。ほぼ垂直に刺入《しにゆう》されていたので刃幅も同等に四十ミリ程度とみられる。所見では大型のサバイバルナイフを使用した可能性に言及している」

「死因はその一撃だったんですよね」

「大型サバイバルナイフ状の有尖片刃器が背後から心臓を貫通したことによる失血性ショック死。他に外傷はない。死亡推定時刻は胃の内容物によって十三日から十四日未明にかけてとある。府警本部の留置場で出された朝食の一部が未消化だった」

日付に耳が反応した。

「それじゃあ、笹清は脱走したその日のうちに殺害されたということですか」

笹清を逃がした〈ロスト・ルサンチマン〉は笹清をロスジェネ世代の代弁者と持ち上げていたはずだ。一連のテロ行為も彼を釈放するのが目的と嘯《うそぶ》いていた。その二人が邂逅してわずか半日のうちに仲違《なかたが》いし、殺し殺される間柄に変わったというのか。

「鑑識は〈ロスト・ルサンチマン〉の下足痕や毛髪を採取できたんですか」

「林の中だ。獣毛こそ多量に残存していたが、笹清以外の毛髪があったかどうかはまだ分析中だ。仮に笹清以外の人毛が採取できたとして、それが〈ロスト・ルサンチマン〉のものと特定するには材料が不足している」

「いったい二人の間に何があったんでしょうね」

不破は答えない。ルームミラーを覗き見ると解剖報告書に視線を落としたままだ。

不破が答えないのは、まだ充分な確証が得られていないからに相違ない。ならば美晴は待たなくてはならない。公判で勝てるだけの根拠が用意できれば、必ず不破は疑問に答えてくれる。

応頂山麓の交番に着いたのは七時を少し回った頃だった。電話で約束した普代巡査はもとより、第一発見者の角谷という男性までが待機していた。

「どうせなら発見者からも聴取されたいかと思い、お願いして来てもらいました」

美晴が恐縮して頭を下げると、角谷も照れくさそうに恐縮してみせた。

「いやあ、僕は一分一秒でも合宿から抜け出したい一心でして。事情聴取なんて、外出にはうってつけの理由ですからね。あまり気を遣わんでください」

狭い交番の中、四人は車座《くるまざ》になる。美晴は不破が座ってくれたので、ほっと胸を撫で下ろす。車中で不破の様子を注視していたが、やはり不調の感が拭えなかったのだ。

「死体を発見した時の状況を話してください」

不破の申し出を受け、最初は角谷が話し出す。社員研修の厳しさに寺を抜け出したところ、林の中で死体を発見したこと。ひどく驚きはしたものの、110番通報して警察官の到着を恐々《こわごわ》待っていたことを説明する。

「横には死体が転がっているわ、辺りはひとけがないわ、ホントに生きた心地がしなかったですよ」

「死体はどんな姿勢でしたか」

「うつ伏せで背中を向けていました」

「顔を見ましたか」

「見ました」

「死体の主が笹清政市だと分かりましたか」

「いいえ。死に顔というのは気色悪いものだくらいにしか思わず、まさか世間を騒がせている本人だとは全く気づきませんでした」

「十三日、〈ロスト・ルサンチマン〉の手引きで逃走したという報道があったばかりです。笹清の顔はテレビやネットで幾度も映し出されました」

「それがですね、検事さん。お巡りさんにも言ったんですけど、ウチの研修って一週間は外界との接触が根絶されて、スマホは使用禁止、テレビも視聴不可なんですよ。だからお巡りさんから聞かされるまでは笹清という名前も忘れていたくらいで」

美晴も〈地獄の一週間〉なる社員研修の話は小耳に挟んだことがある。ずいぶん昔に聞いたので現在は廃《すた》れたと思っていたが、どうやら企業によっては未だに採用しているところがあるらしい。要は外界と隔絶した場所で徹底的に社員としての信条や態度を叩き込まれるものであり、傍目《はため》には怪しげなカルト教団の〈修行〉のようにも映る。組織への帰属意識を醸成させ忠誠を誓わせるという点ではまるで一緒ではないか。

「次に普代さん。あなたが現場に駆けつけた時の状況を教えてください」

普代は通信指令室から報告を受けた直後の行動を分刻みに説明する。おそらく同様のフォーマットで報告書を仕上げたらしい。几帳面な性格が窺えて、美晴は親近感を覚える。

「現場に争った形跡はありましたか」

「下草の繁茂している場所でして、争ったのなら相応の痕跡が残るはずですが、特にそういったものは見当たりませんでした。後から臨場した鑑識係も下足痕の採取に苦労していたようですから」

争った痕跡がないという事実は、笹清がほとんど無抵抗で殺害された状況を想起させる。もっともいきなり背後からナイフを突き立てられたら、抵抗のしようもないだろう。

「現場と死体を見て、何か気づいたことはありませんか。たとえば違和感を覚えたりはしませんでしたか」

問われた普代は当時を思い起こすようにしばらく考え込んでみせるが、やがて力なく首を横に振る。

「申し訳ありません。今は何も思いつきません」

「今まで殺人の現場に臨場した経験はありますか」

「過去に二度あります。一度は管内での強盗殺人、それからもう一件は痴情の縺《もつ》れで内縁の妻が同居人を刺殺した事件でした」

「その二つの事件と今回の事件を比較して類似している点、もしくは相違している点はありますか」

設問が具体的になったためか、普代の回答は前より早かった。

「何と言ったらいいのか、犯人の手口に慣れのようなものは感じました」

「常習犯という意味ですか」

「常習とは限らないのですが、犯行に躊躇《ためら》いがなく、無駄な行動が見られません。こういう言い方が適切かどうか分かりませんが、素人の犯罪ではないような印象を受けました」

「お二人ともご協力ありがとうございました」

不破は素っ気なく聴取を切り上げ、ゆっくりと腰を上げる。

クルマの後部座席に落ち着いた不破は、俯き加減で浅く息をする。やはりこの身体では無理が利かないようだ。不破が死体発見現場を見たいと言い出さないのが、せめてもの救いだった。

美晴は意を決して宣言する。

「病院に戻りましょう」

「何度も同じことを言わせるな。戻るのは地検だ」

こうと決めたら梃子《てこ》でも動かぬ性格なのは承知しているが、聞ける我がままと聞けぬ我がままがある。

「子どもですか。今無理して復帰が遅れたら事件解決が更に遠のくんですよ」

「今でなければ入手できない情報がある」

「鑑識報告書も解剖報告書も手元にあるんですよ。それに鑑識は分析作業を続けているし、捜査本部で地取りも防犯カメラの解析もしているはずです」

「はず、というのは何だ。自分で確認もせず、憶測で語るな」

弱っていても辛辣さは相変わらずだ。

「人の記憶も物的証拠も風化する。今でなければ間に合わないものがある」

「いったい何のことですか。捜査本部が入手している以外の証拠物件がどこにあるというんですか」

問い詰めると、また不破は黙り込む。美晴は仕方なくアクセルを踏み込んだ。

頑固にも程があるが、不破は根拠もなく意地を張る人間ではない。固執する証拠物件があると言うのなら実際に存在するのだろう。問題はそれを検事づき事務官の自分にさえ秘匿する癖だ。本人の意図が分からなければ協力するにも限界がある。

「大体、検事は秘密主義過ぎるんです。そんなに事務官のわたしが信用できないんですか」

一拍置いてから返事があった。

「信用できなかったら、とっくに放り出している」

「だったら」

「検察が探しているものが知れたら、犯人側は即刻証拠隠滅に走る。捜査がより秘密裏になるのはむしろ当然だ。笹清を奪取された際、どうして〈ロスト・ルサンチマン〉が護送の隙を突けたか、考えてみたことがあるか」

指摘されて、はっとした。笹清の護送態勢が以前より緩くなっていた事情や、検事調べのスケジュールは部外者が窺い知ることはできない。つまり地検関係者の中に〈ロスト・ルサンチマン〉の協力者がいたという意味だ。

「大阪地検の中に情報提供者がいるんですね」

不破は再び黙り込む。まだ確たる証拠がないので断言できないという態度だ。だが身内から情報が洩れていると仮定すれば笹清が易々と奪われたのも、不破が秘密裏に行動したがっているのも合点がいく。

迫田検事正や榊次席は笹清を法廷で裁くことに拘泥を見せたが、検察関係者全員が同じ意見とは限らない。中には市民感情に迎合するかたちで私刑紛《まが》いの行為を容認する者がいるかもしれない。

そもそも美晴自身が笹清に対しては義憤を覚えている。不破の手前公言はしないものの、彼の行為は徹底的に断罪されなければと思っている。ロスジェネ世代の受難に鑑みたとしても決して許されるものではなく、可能であればスピード裁判の上、刑事訴訟法四百七十五条二項にある通り判決確定から六カ月以内に死刑執行するべきだ。そうでなければ被害者遺族はもちろん、国民が納得しないだろう。

「迫田検事正の会見はご覧になりましたか」

「見ていない」

美晴は迫田の会見内容をかいつまんで説明する。

「検事正という立場では建前しか口にできません。次席は次席で『動機が何であれ、私刑の執行は検察への冒瀆であり、法治国家への挑戦と言って差し支えない』と発破をかけました。でも大阪地検の検察官や事務官全員が同じ考えとも思えません。中には笹清に懲罰意識を抱く人間が必ず存在します。それくらい笹清のしたことは非道でした。不破検事はどうお考えですか」

「くだらん」

不破は言下に切って捨てる。

「検察官が案件に私情を挟んでどうする」

「でも市民感情というものが」

「検察官が一個の司法機関として独立しているのは何のためだと思っている。そんなことも分からない人間が副検事なんて目指すな」

「市民感情なんて、どうでもいいんですか」

「風評や一部の煽動者の声で左右されるような感情など胡乱な雑音でしかない。大多数の感情に阿る者は早晩権力にも阿るようになる。君は時の権力者に媚びへつらうような検察官になりたいのか」

どこか市民感情を尊んでいた美晴は返答に窮する。

「検察の使命は公共の福祉の維持と個人の基本的人権の保障とを全うしつつ、事案の真相を明らかにすること。ただ闇雲に重い処分を成果とするのではなく、事案の真相に見合った相応の処分と科刑を実現する。迫田検事正が会見で述べた内容が全てだ」

「でも、検事正は国民の良識に適った相応の処分、相応の科刑という言い方をしています」

「国民の良識というのはあくまでも法律の概念であって市民感情とは違う。笹清政市の事件や〈ロスト・ルサンチマン〉によるテロ行為は刑法によって罪の重さが量られるべきであって、そこに感情が介在してはならない。感情で罪の軽重や罰の内容が左右されるのなら私刑と何ら変わりない。ＫＫＫ（Ku Klux Klan）の白装束が法衣になるだけの話だ」

まるで自分が差別主義者のような言われ方に絶望すら覚えるが、不破らしい言説だとも思える。全ての感情を排した司法マシンでこそ真っ当な処分と科刑が実現できる。理屈では理解していても、実践できている検察官は何人いるのだろう。一つだけ確かなのは、後部座席に座る不破が間違いなくその一人という事実だった。

「不破検事の負った怪我は〈ロスト・ルサンチマン〉によるものです。それでも相手を憎まずに執務すると言うんですか」

「くどい」

怒りさえ感じさせない冷徹な口調で、美晴の問いは封殺される。不破についてから二年余、この男の信条や流儀には肯定もし敬服もするが、真似ができるとは到底思えない。こうして不破に対して憤りを感じている時点で、既に自分は感情に搦《から》め捕られている。不破のような司法マシンを目指すことが正しいのは分かっているが、それが最適解かと問われれば返答に困る。

駄目だ。

あれこれ模索していると、結局は己の至らなさ不甲斐なさに辿り着く。

しばらく自己嫌悪に沈んでいると後部座席から声を掛けられた。

「至急、入手したいものがある。手配してくれ」

指定された内容を聞いて、美晴は少なからず驚いた。

理由を尋ねたい気持ちはあるが、質問したところでどうせ教えてはくれないだろう。

「捜査資料の押収物一覧には記載がなかった。おそらくはまだ手元に残っている可能性が高いが、いつ処分されるともしれない。至急というのは、そういう理由だからだ」

不破はそれきり黙り込んだ。

話すことがなくなったのか、それとも話し続けるのが難儀になったのかは判然としなかった。

地検に戻ると、総務から伝言を受け取った。美晴たちの留守中、不破が搬送された天王寺救急センターから三度に亘《わた》って問い合わせがあったらしい。

執拗な問い合わせに碌なものはない。放置しておく訳にもいかず折り返し電話をすると、案の定担当医は不破の無断退院に厳重抗議してきた。

『大体ですね、看護師に伝言一つ残しただけで無断退院とはどういう了見ですか。意識が戻る直前まで面会謝絶だった患者なんですよ』

スマートフォン越しにでも担当医の激昂ぶりが伝わってくる。スピーカーモードにしなくても丸聞こえだが、同じ執務室にいる不破は我関せずといった様子で捜査資料に目を通している。

『いったい、不破さんをどこに連れ回したんですか』

自分が連れ回した覚えはないが、美晴は反射的に頭を下げる。

「あの、クルマで箕面方面に」

『傷口が閉じきっていないのに普通乗用車に乗せてどうするんですか。振動で傷口が開いたら、あなた責任が取れるんですか』

「いえ、あの」

『とにかく。今からでも構いませんので不破さんをセンターに戻してください』

不破はと見れば、断れというように首を横に振る。

「本人はいずれ日を改めて伺うと申しております」

『あんたは仕事と患者の命とどっちが大事なんだ。検事さんならいくらでも代わりはいるだろうが』

「いいえ」

これだけは断言しておかなければならない。

「不破検事の代わりはどこにもいません」

思い余って一方的に電話を切り、直後に後悔した。

「すみません、担当の先生を怒らせてしまったかもしれません」

「構わん。どうせ戻るつもりはない」

不破は事もなげに言う。

明日から替えの包帯を大量に用意するだけでなく、絶えず担当医に経過報告しなければならないだろうと覚悟した。

2

翌日、美晴は非礼の詫びを兼ねて天王寺救急センターを訪ねた。件の担当医は昨夜のやり取りがなかったかのように振る舞ってくれたものの、不破に対する不信感はいささかも減じることがない。

「笹清政市と〈ロスト・ルサンチマン〉の事件を担当している検事さんなら、そりゃご多忙でしょう。しかし無理や無茶は厳禁です。事務官のあなたが代理で来られても無意味です。本人の首に縄をつけてでも連れてきてください。まったく、検事が連行されるなんて聞いたこともありませんけどね」

美晴はひたすら平身低頭するしかなかった。

地検に戻ると、不破は読み終えたらしい捜査資料のファイルをデスクの上に置いたところだった。

「担当のお医者さんはかんかんでした。本人の首に縄をつけてでも連れてこいって」

「担当医が怒り心頭に発しているのなら、半分は君の言動によるものだ」

とんでもない濡れ衣だと思ったが、昨夜の己を省みると完全に否定もできない。

「捜査本部から追加の報告書は送られたのか」

「昨日の今日ですから」

「足りない」

不破はファイルの上に手を置く。

「現場で採取した残留物の一覧があっても分析結果は出ていない。下足痕は『採取困難』のひと言で片づけられている。付近に防犯カメラはなく、人通りも絶えていたから現状、目撃情報は皆無。唯一体裁が整っているのは解剖報告書だけだ」

「まだ初動捜査の段階ですよ」

じろりと睨まれた。退院直後であっても威圧感は以前と寸分違《たが》わない。不破は、初動捜査という事実を踏まえた上で尚も足りないと言っているのだ。

「昨夜、上がっている分の資料は全部渡してほしいとお願いしました」

「全て要望通りに事が運ぶなら、こんなに楽なものはない」

「捜査担当は不破検事に一任されているんですよ。それなのに捜査本部が情報を隠匿しているとでも」

「わたしの担当はあくまでも地検爆破事件だ。元々笹清の事件は府警本部の管轄だった。だが自分たちの挙げた犯人は護送係の目の前で奪われ、しかもその日のうちに殺害された。捜査本部にしてみれば二重に恥をかかされたことになる」

恥を雪《そそ》ぐためには自らの手で笹清殺害の犯人を挙げなくてはならない。断じて不破に先を越されることがあってはならない。

やや穿ち過ぎの感はあるが、大阪府警が不破に抱いている怨嗟を考えると頷けない話ではない。地検爆破事件にしたところで、不破を責任者と仰ぐ府警関係者は面従腹背《めんじゅうふくはい》の印象が拭えない。

「府警本部の面子のためですか」

くだらないと思ったが、口には出さない。

「面子を保ってこそ護れるものがある。組織にとっては必要悪だ」

面子で動くのは大抵男だ。だからという訳でもないだろうが警察も検察も未だに男社会で、権威主義と権勢欲と建前が横行している。女の自分から見れば、髭の生えた子どもたちがゲームをしているようだ。

だが組織に馴染まず、馴染もうともしない不破は面子に拘《こだわ》る様子がない。権威主義や権勢欲とも無縁でいる。

「不破検事には必要のないものでしょう」

不破はそれには答えず、ゆっくりと腰を上げる。

「まさか検事、以前のように直接捜査本部や所轄の箕面署に乗り込むつもりですか」

思わず声が跳ね上がった。

「いくら何でもやめてください。捜査の責任者が自らチームの和を崩してどうするんですか。そもそも身体に障るから移動は控えるように言われているのに」

「チームの和で事件が解決できると思うか」

「だからと言って、わざわざ波風立てる必要はないと思います」

「府警本部に乗り込むと誰が言った。行くのはもっと近場だ」


何が近場だ、と美晴は白けた気分でいる。不破に指定されてやってきたのは大手前にある喫茶店だった。確かに府警本部よりは近場にあるが、本部庁舎は目と鼻の先だ。

パーティションで仕切られたテーブル席の向かい側に座っているのは府警本部鑑識課の鴇田だ。頬肉は以前会った時よりもだぶついたように見える。

「毎回、呼び出しの場所はこの喫茶店やけど、よう本部の連中に見つからんもんですな。灯台下暗しっちゅうやつですか」

不破に反感を持つ者は少なくない。空気を読まず組織の論理を無視する流儀は真似をしようとしてできるものではなく、真似も追随もできないから孤立してしまう。だが中には仁科のような隠れファンも何人か存在し、鴇田はそのうちの一人だった。

「お呼び立てして申し訳ありません」

「申し訳ないのはこっちですよ。不破検事、桃谷合同宿舎の事件でえらい大怪我しはったんでしょ。そない動き回っててええんですか」

いい訳があるものか。

美晴は不破を睨んでやったが、本人はまるで気にする風もない。

「で、お話ゆうんは、やっぱり笹清政市の件ですか」

「捜査本部から鑑識報告書を受け取りましたが、充分な内容ではありませんでした」

鴇田の顔色が変わる。

「当の鑑識係目の前にして、ようそんなこと言いますね」

「初動捜査という事情を踏まえても鴇田さんたちの仕事とは思えない」

束の間、二人は睨み合う。先に沈黙を破ったのは鴇田の方だった。

「不破検事、相変わらず地検では浮いていると聞いてますよ」

「自分の評判には興味がありません」

「評判は気にならなくても、プライドってものがあるでしょう。府警本部、捜査本部も同じですよ。捕まえた犯人が目の前で奪われて、その上殺されたら、躍起になって当然です」

不破が指摘した通りだったか。

「一罰百戒やないですけど、ここで府警本部の捜査能力を天下に知らしめんと犯罪の抑止力にならん。不破検事やから言いますけど、笹清が脱走した際、府警本部の受けたショックはそらあひどかった。上は本部長から下はぺーぺーの巡査までが真っ青になったゆうても過言やない」

「評判もプライドも犯罪捜査に必要なものとは思えません」

「不破検事はそうでしょうよ。天上天下唯我独尊《てんじょうてんげゆいがどくそん》を貫ける立場やし、成果も上げてはる。汲々《きゆうきゆう》としたタテ社会におるわたしらとは違います」

「嫌味や愚痴を口にして事件が解決するとも思えません」

鴇田は口をへの字にして非難がましい目を向ける。

「府警本部が面子に拘るのは勾留中の笹清にみすみす逃げられたからだけやないですよ。二年前、府警本部は検事に往復ビンタ張られましたからね。何があっても不破検事にだけは先を越されるなという空気はありますよ」

遠回しな言い方だが、府警本部が捜査資料を出し渋っていると認めたようなものだった。不破と鴇田の仲だからこその許容範囲と思える。

「あの不祥事の発覚で職を追われた警察官も多い。昨日まで尊敬を集めていたのに、今日は唾を吐きかけられる。身から出た錆《さび》とは言え、不破検事に対して恨み骨髄に徹する連中は仰山おります。ただし仕事で潰された面子は仕事で取り戻すよりしょうがない」

「潰されて困るような面子なら、最初から持たない方がいい」

「そういうド正論を吐くから不破検事は嫌われるんです」

「特に困りません」

「あーっ、全く。ホンマに清々《すがすが》しいくらいに人情の機微が分からん人やなあ。まあ、それくらい感情抜きやから信用できるんですけど」

不破は無表情のまま詫びの一つもしない。詫びたところで虚礼に過ぎないと開き直っている感さえる。

「どっちにしても鑑識の分析結果が犯人逮捕に繋がるんやったら、捜査本部に上げようが不破検事に伝えようが一緒やしなあ」

「犯人を特定する物的証拠があったのですか」

「いや、それはさすがにないです」

鴇田は片手をひらひらと振ってみせる。

「事件が事件やから鑑識課ほとんど総出で臨場したんですよ。現場はご覧になりましたか」

「写真で見ました」

「鬱蒼《うっそう》とした林の中で手入れらしい手入れもされておらず、下草は伸び放題。下足痕が採取しにくく、残留していたものは獣毛だけでした。護送係を急襲した際、〈ロスト・ルサンチマン〉はアポロキャップを被ってましたよね。あれはもちろん人相を隠すためやけど、もう一つ毛髪を落とさんための処置やないかと疑ってます。実際、現場に落ちていた人毛は笹清のものだけでしたから」

「わたしが知りたいのは、笹清と〈ロスト・ルサンチマン〉が接触したかどうかです。あなたたちのことだから、笹清の着衣について徹底的に調べたのでしょう」

不破が言わんとしているのは所謂《いわゆる》ロカールの交換原理だ。異なる物体が接触すれば、一方から他方に接触した事実を示す痕跡が残る。たとえば犯行現場に足を踏み入れれば地面には足跡が残り、靴の底には現場の土が残る。笹清の例で言えば、彼が〈ロスト・ルサンチマン〉と接触した際に互いの毛髪なり指紋なりが付着した可能性に不破は言及しているのだ。

だが鴇田の回答は期待に水を差すものだった。

「わたしたちもその点を重視していました。毛髪が無理でも、せめて会話した際に飛沫《ひまつ》が付着してくれればとね。しかし着衣の上下のみならず、死体の体表面を隈なく調べましたが、検出されたのは本人と護送係二人の唾液と指紋だけでした。これが何を意味するんか、不破検事ならすぐに察しがつくでしょう」

「〈ロスト・ルサンチマン〉が最初から笹清との接触を避けていた。アポロキャップで毛髪の抜け落ちるのを警戒していたことを考え合わせると、とても素人の行動とは思えない」

「その通りです。素人にしては慎重過ぎている。しかも当日中に笹清が殺害されている事実から、捜査員の中には護送係を襲撃した時点で笹清を殺害する計画やったと疑う者もおります」

鴇田の指摘する内容は可能性の一つとして頷けないでもないが、それでは〈ロスト・ルサンチマン〉によるテロ行為の意味が不明になる。すると笹清をリスペクトしていた〈ロスト・ルサンチマン〉と護送係を襲撃した〈ロスト・ルサンチマン〉は別人なのではないかという疑念も浮かんでくる。

美晴の考えそうなことは、当然不破も鴇田も考えている。二人は〈ロスト・ルサンチマン〉複数説を共通認識としているようだった。

「わたしらが笹清の着衣や体表面を調べ尽くした内容は、報告書から洩れていたようですね」

「入手したのが昨日の午後六時。報告洩れというより、タイムラグだったのかもしれません」

「むしろ捜査本部が再度鑑取りに動いていることの方が重要でしょうな」

「通り魔事件の被害者遺族が対象ですか」

「そうです。襲撃された現場に居合わせた警察官の証言を元に、〈ロスト・ルサンチマン〉を名乗った人物の体格に合致する人間を遺族の中から抽出してます」

「笹清憎しという動機を考えればそうなるでしょうね。しかし被害者遺族の中に護送係襲撃犯がいると仮定すると辻褄の合わないことがあります。被害者遺族は全員が一般人であり、四六時中捜査本部の動向や検事調べのスケジュールを把握する訳にはいかないこと。加えて被害者遺族のプロフィールを浚《さら》う限り、犯罪に慣れているような人間が見当たらないこと」

鴇田は悩ましげにテーブルを指で叩く。

「捜査本部が抱えてる悩みが正にそれですわ。動機・チャンス・方法。この三条件を満たさんと被疑者にもできひん。帯に短したすきに長しで、被疑者を絞られへんのが現状です。それに笹清を殺害した手口から想起されるのは、さっきも言うた通り慎重過ぎるほどの犯人像です。人一人殺すのに周到な用意して、相手と接触せんように細心の注意を払って、しかも背後からとはいえ急所を一撃で貫く。そんな人間はなかなかおらん」

「なかなかいないのであれば却って好都合です。その分、被疑者を絞りやすくなる」

「捜査本部は被疑者が特定できるまで、なかなか不破検事に情報を上げんでしょう。不破検事はどうされるおつもりですか」

不破は自分の背中を指差す。

「機動力で捜査本部と張り合うつもりはありません。担当医にも移動は控えるよう厳命されています。被害者遺族全員の家を訪問するのは無理のようです」

「じゃあ捜査本部が被疑者を特定するまでは様子見ですか」

不破はこの問いに答えずにいる。すると鴇田は半ば呆れ顔になった。

「いや、あんたはおとなしく静観しているようなタマやなかったな」

「わざわざ足を運んでいただいてありがとうございます」

「礼には及ばん。ただ一つ老婆心で付け加えときますけど、あんまり府警本部の面子を蔑ろにせんといてください」

「蔑ろにしているつもりはありません」

用は済んだとばかりに不破は立ち上がる。

「興味がないだけです。特に今回は」

「ほう。そりゃまた何故ですか」

「笹清政市が通り魔事件を起こした動機の一つが、やはり自分の面子を護ることだったからです。笹清には笹清なりに思い描いた将来があり、プライドもあった。それらを打ち砕かれ、取り戻そうとして人倫から外れた。面子もプライドも歪んでしまえば害毒にしかならない」

鴇田と別れた後、美晴は不破に問い掛けた。

「さっき鴇田さんに仰った、被害者遺族全員の家を訪問するのは無理というのは真意ですか」

「彼に嘘《うそ》を吐《つ》く理由はどこにもない」

「じゃあ、どうするんですか」

「捜査本部とは別のやり方を試すだけだ」

後部座席に落ち着いた不破は、ふうと深く息を吐く。表情こそ変わらないが、ずっと痛みを堪えていたらしい。

「病院へ」

「薬だけもらってくればいい」

担当医や看護師から嫌味を言われ、それでも頭を下げて薬をもらってくるのは美晴なのだ。少しは済まなそうにしてほしいものだが、この男に表情や態度の変化を期待する方が間違いなのだと気づいた。

「検事の指示には従いますけど、いよいよとなったら救急センターに直行します」

ルームミラーの中の不破は、しばらくこちらを眺めていた。

「君の言う、『いよいよ』という基準は何だ」

「検事の顔が痛みを訴えた時です」

傍から聞いていれば冗談のようだが、美晴は本気だ。不破の能面が崩れるのは体力も自制心も限界を超えている時に違いなかった。

そうか、と答えたきり不破は黙り込んだ。

3

笹清が殺害されて数日、世間とマスコミによる府警本部への非難は最高潮に達した感がある。

思えば岸和田駅の通り魔から始まった事件は各地検の爆破に発展し、最後は笹清の逃亡と死に至った経緯は、そのまま司法の敗北を物語っている。〈ロスト・ルサンチマン〉にいいように振り回され、威信も畏怖もあったものではない。権威を叩くことが至上命題となっているマスコミがこの状況を看過するはずもなく、在阪在京に限らず各メディアはここを先途とばかりに府警本部へのネガティブキャンペーンを加速させた。

『被疑者死亡　司法の信頼失墜』

『問われる管理体制』

『大阪府警　度重なる失態』

『大阪無法地帯』

無論、新聞の見出しだけで済むはずもなく、府警本部には連日取材陣が押し寄せた。それぞれ広報担当者が応対するが、記者たちは責任者を出せと鼻息が荒いらしい。

「広報課長。普段でしたら課長の談話で一本書けますけど、今回は無理です」

「〈ロスト・ルサンチマン〉のテロ行為を許したこと、笹清の脱走を成功させたこと、そして笹清を殺してしまったこと。この三件で数え役満ですよ。本部長の進退問題にまで発展しかねないのに、当の本人が会見を開かないというのは納得しづらい」

「そもそも笹清が殺害された件でも府警本部は捜査の進捗状況を明らかにしてませんよね。まさか全然手掛かりがないんですか」

「今も話に出ましたが、黒星三連チャンというのは痛過ぎますよね。府警本部としてはどんな打開策をお考えなんですか。こう言うては何ですけれど大阪府警には例の捜査資料大量紛失事件の前例もあります。このままやったら大阪府民はもちろん、全国民が大阪府警を信用できんようになりますよ」

矢面《やおもて》に立たされた広報課長こそいい面の皮で、記者団の追及に顔を赤くしたり青くしたりと大忙しだった。

大阪府警が集中砲火を浴びている最中、美晴は大阪府下の刑事施設と被害者宅を行き来していた。今でなければ入手できない情報がある。すぐに手配しろ。

不破に命じられたものを収集する作業には丸一日を費やした。だが美晴は疲労よりも驚きと充実感を味わうことになる。各所で入手した情報全てが事件の様相を大きく転換させるものだったからだ。

いったい不破はいつからこれらの情報を把握していたのか。指示を出したタイミングを考えると、病院のベッドに臥《ふ》せっていた時からとしか思えない。意識不明の重体だったはずだが、思考はフル回転していたということなのか。

美晴が入手した情報の中身を確認しても、不破はいつも通り眉一つ動かさなかった。入手以前に確信めいたものがあったのかどうかは判然としないが、当て推量だけで藪《やぶ》の中に手を突っ込む男ではない。

「あと一つだ」

不破の放ったひと言で美晴は我に返る。

「何か不足か不備があったでしょうか」

「そういう意味じゃない」

喋りながら席を立ち、ジャケットを羽織る。

「外出ですか」

「岸和田に向かう」

「まだ外出は控えろとお医者さんが」

「終わらせる。これが最後だ」

美晴が止めて聞き入れるとも思えず、尚且つ本人が最後と言うのであれば本当に最後なのだろう。

美晴は諦めてハンドルを握るしかない。

不破が指示した行き先は岸和田署だった。詳《つまび》らかな説明はされなかったが、ここにも未入手の情報があるというのか。

不破たちが到着すると、笹清の取り調べにあたった成島と緑川の両巡査部長が出迎えてくれた。

「急なお出でですね」

成島は当惑の色を隠そうともしなかった。無理もない。笹清の死亡によって岸和田駅通り魔事件は自動的に終結している。被疑者死亡のまま起訴したところで公判は維持できないのだ。

「捜査資料は一切合財送検したはずですが」

「確認したい現物があります」

不破と成島のどこか刺々《とげとげ》しいやり取りに、美晴と緑川は傍から見守るしかない。

「確かに当該事件の証拠物件は署の資料室に保管していますが、まさか前回の事件のように我々が捜査資料を紛失したとでも仰るのですか」

「確認したいだけです」

不破にその気がなくとも、ぶっきらぼうな口調なので相手に誤解されやすい。しかも誤解されても構わないという態度だから始末に負えない。

いっとき気色ばんだと見えた成島は気を取り直すように咳払いを一つする。

「では、わたしが案内します」

成島は上長に連絡した後、皆を先導するかたちで資料室に向かう。どこの署も資料室は奥の場所にあって薄暗いが、岸和田署も例外ではなかった。未だに照明は蛍光灯で、しかも黴《かび》臭い。ドアは電子ロックで施錠《せじょう》されており、署員のICカードを認証しなければ開かない仕組みだ。

ドアを開けると入出庫記録簿が備えてあった。

「検事。確認したいブツは何ですか」

「笹清が四人の刺殺に使用した大型サバイバルナイフです」

成島の指が記録簿に明細を記入する。その時、不破の視線が記録簿に注がれているのを美晴は見逃さなかった。

成島は捜査資料を収納した場所を記憶していたらしく、迷うことなく棚の間を進んで段ボール箱の一つを手に取る。

「当然ながら、まだ被害者の血痕が付着したままですけど」

「気にしません」

成島のごつい手が証拠物件の一つ一つを丁寧に取り出していく。返り血に染まった迷彩服に下着、そしてスニーカー。事件の凄惨さを物語ると同時に、持ち主が既に他界している事実と相俟《あいま》って余計に禍々しく見える。

「これですね」

成島が掲げたのは、美晴も捜査資料で何度も確認した凶器のサバイバルナイフが収められたナイロン袋だ。刃渡り三十センチ、刃と言わず柄と言わず数人分の血に塗れて斑模様になっている。

不破はポケットから小型のメジャーを取り出して袋の上から寸法を測りだした。

「有尖片刃。刃幅は四十ミリ」

抑揚《よくよう》のない声で告げると、凶器の入ったナイロン袋を美晴に戻す。

「寸法を測って終《しま》いですか」

「凶器の形状と寸法については捜査資料にも明記されていました。しかし、やはり現物を確認したかった。惣領事務官。これを鑑識の鴇田さんに渡してくれ」

これが不破の言う未入手の情報なのか。美晴が半信半疑でバッグに仕舞うと、成島が色をなした。

「待ってください。鑑識というのは府警本部の鑑識課のことですか」

「ええ」

「付着した血痕については既に被害者四人のものであると分析が済んでいます。まさかウチの鑑識課を信用していないんですか」

「情報が上書きされている可能性があります」

「何を仰っているのか……」

「笹清政市の解剖報告書には、創口四十二ミリ、ほぼ垂直に刺入されたので刃幅も同等に四十ミリ程度とあります。これは笹清が殺害した内海菜月・駒場日向・樋口詩織三人の遺体に残っていた創口と全く同じです」

不破の言葉に他の三人は黙り込む。

「被害者たちと笹清の解剖報告書を照らし合わせると、創口ばかりか創角や創洞の形状までが同一でした」

「つまり同じ製品が凶器に使用されたということですか」

「笹清は凶器のサバイバルナイフを岸和田市内の専門店で購入しています。マニア向けの製品で流通経路も限定されているので偶然の一致と考えるのは少々無理がある。ありふれた物ではないから購入すれば記録なり記憶に残る。凶器に使用するにはリスクが伴う。しかし警察の資料室に保管されているサバイバルナイフを流用すれば入手経路を辿られる惧れもない。被害者たちの死体と笹清の死体に残されていた創口が一致して当然でしょう」

「馬鹿な。それじゃあ犯人がこの資料室に忍び込んでサバイバルナイフを持ち出し、笹清を殺害した後にまた元に戻したというんですか」

「可能性は否定できません」

「聞き捨てなりませんね、検事。この資料室に入室できるのはＩＣカードを取得した岸和田署員だけです。あなたはそんな小さな可能性を根拠に岸和田署の人間が笹清を殺したと主張するつもりですか」

「サバイバルナイフがマニア向けであるという条件だけではありません。笹清が殺害された状況を、成島巡査部長はご存じですか」

「概要は聞き知っています。大型の有尖片刃器が背後から心臓を貫通したことによる失血性ショック死。現場は下草が繁茂して下足痕が取りづらく、採取できたのは獣毛のみ。また死体の体表面から検出できたのは笹清本人と護送係二人の唾液と指紋のみでした」

「そうです。第一報を聞いて駆けつけた普代巡査と鑑識係の共通した意見は、慎重に過ぎて素人の仕業とは思えないというものでした。この場合の素人に対義するのは殺人の常習犯、もしくは殺人事件の捜査に慣れた者という意味です」

説明を聞く成島の顔が次第に険しくなっていく。

「それだって希薄な根拠ですよ。検事、あなたは希薄な根拠を寄せ集めて状況証拠にしているだけじゃありませんか」

「希薄ではない物的証拠もあります。惣領事務官、あれを」

命じられた美晴はバッグの中からスマートフォンを取り出す。これこそが不破の手配で美晴が入手したものだった。

「惣領事務官が手にしているのは、被害者の一人である内海菜月さんが所持していたスマートフォンです」

成島は意外そうな表情を見せる。意外なのは美晴も同様だった。現場に残された物的証拠は膨大な数に上り、犯人の笹清がその場で逮捕されたこともあり被害者の所持品一つ一つまでは精査されなかったのだ。

「彼女のスマートフォンがどうかしましたか」

「内海菜月さんには交際している男性がいました。母親も名前は教えてもらえなかったそうです。しかし母親には教えなくても、スマホには登録しているものでしょう。ありましたよ」

抑揚がなくても、その言葉には人を圧倒する力があった。

「前後してしまいましたが、その交信記録から被疑者が浮上しました。本日こちらに伺ったのも彼の名前が挙がったからです。事件の起こる前日の四月九日午後十時三十二分、内海菜月さんは彼と通話しています。成島巡査部長、彼を確保してください」

一瞬の出来事だった。

不破の言葉が終わらぬうちに成島の身体が動き、彼を背後から羽交《はが》い締《じ》めにした。彼も抵抗を見せたものの俊敏さで成島に後れを取った。

今しも、美晴が検索した交信記録に彼の名前が表示されている。

「緑川啓吾巡査部長。いや、今は〈ロスト・ルサンチマン〉と呼んだ方が通りがいいだろう。護送途中の笹清政市を奪取し、その日のうちに彼を殺害した。公務執行妨害と殺人の容疑で逮捕します」

反射的に緑川の身柄を確保したものの、成島はまだ半信半疑の体だった。

「しかし、でも、どうしてこいつが。わたしはこいつとコンビを組んで二年になりますが」

「恋人をあんな風に惨殺された。笹清殺害の動機はそれで充分でしょう。殺害方法も背後からサバイバルナイフで心臓をひと突き。これは笹清が内海菜月さんを殺害したのと全く同じ手口です。付け加えれば笹清を脱走させ殺害した十三日、あなたは非番だった」

「待ってくださいよ」

緑川は薄笑いを浮かべながら抗弁を試みようとしている。

「確かにわたしは内海菜月と付き合っていました。黙っていたのは警察官にあるまじき背信行為でしたが、しかしそれも状況証拠に過ぎません」

「容疑を否認しますか」

「当たり前じゃないですか。濡れ衣ですよ」

「では捜査に協力していただく。たとえば指先の検査」

指先、と緑川が鸚鵡《おうむ》返しに呟く。

「日常的に犯罪捜査に関わっていればルミノール反応は知悉《ちしつ》しているでしょう。サバイバルナイフを深く刺入すれば手の平に返り血を浴びる」

「同じく犯罪捜査に長く関わっている検事の言葉とは思えませんね。返り血を浴びたところで皮膚表面は垢《あか》になって自然剝離《はくり》していく。ルミノール反応は期待しない方がいい」

「爪はどうでしょう」

不破に微塵の動揺もない。

「皮膚と違い、爪全体が生え変わるには相当な時間を要する。もしルミノール反応が出たら、どんな抗弁をしますか。他にもアンホ爆弾の製造や、笹清の脱走に使用した車両を洗い出せば物的証拠は次から次に出てくる」

不破は緑川に近づき、その能面を寄せた。

「緑川巡査部長。あなたにとって復讐は正義だったのかもしれない。だが笹清を脱走させるためとはいえ、無辜の地検関係者数人に重軽傷を負わせ、世間をひどく騒がせた。司法に携わる者として、せめてその責任は取るべきだ。それとも内海菜月という女性は、責任を取らないような卑怯者と好き合っていたのか」

緑川の顔に保身と清廉《せいれん》二つの色が浮かぶ。否認を続けるべきか、それとも警察官として最後の良心を見せるのか。

束の間の逡巡の後、緑川は脱力してみせた。

「噂通りですね、不破検事。その無表情で迫られると心中穏やかでなくなる。刑事のプライドまで秤《はかり》にかけられたら胸の辺りがざわつく」

犯行を認めたも同然だった。羽交い締めにしていた成島は無念そうに俯いた。

緑川の取り調べは岸和田署内で行われることになった。尋問するのは検察官である不破、記録係は成島という異例の形式だが、被疑者の身柄確保と取り調べ担当者の適性を考慮して署長が特例を認めた恰好だった。美晴はといえば相変わらず不破の後ろに立って事の推移を見守っている。事務官は検察官の付属品という理屈でこれもすんなり認められた。

「あなたが〈ロスト・ルサンチマン〉であることを認めますか」

「認めます」

不破と対峙した緑川は、もう抵抗する素振りを見せない。

「笹清のシンパを標榜《ひょうぼう》して地検を爆破したのは陽動作戦でしたか」

「お見通しですか。ええ、仰る通りです。あれほどの事件を起こした被疑者です。いったん留置場に勾留されれば、送検されて結審を迎えても四六時中警備の人間がつきます。笹清に直接手を下すには、ヤツを脱走させる必要がありましたから」

「爆破テロを繰り返せば人手を刑事施設の警備に回さなくてはならない。自ずと被疑者を護送する人員も削減され警備が手薄になる」

「そうです、そうです」

何故か緑川は嬉しそうに頷く。

「笹清の警備を薄くするためには、ヤツが起こした事件よりも人目を引き、府警本部の危機感を煽る事件を演出しなければなりませんでした。それで思いついたのが地検爆破をはじめとしたテロ行為です。笹清のシンパを名乗ればテロ行為にも説得力を持たせられると考えました。個人の復讐のために地検関係者から怪我人を出してしまったことは、どんなにお詫びをしてもし足りません」

謝るくらいなら最初から計画を立てるなと美晴は思ったが、次の不破の言葉で考えを改めた。

「アンホ爆弾はオクラホマシティ連邦政府ビルを爆破したほど強力な破壊力を有しています。しかしあなたが作製した爆弾はせいぜい合同宿舎のワンフロアを吹き飛ばす程度でした。火薬の量を意図的に調整したのは何故ですか」

「矛盾《むじゅん》する答えに聞こえるかもしれませんが、派手な爆発であっても人的被害はなるべく大きくしたくなかったからです」

「爆発による死者は出したくないが、警察や地検は騒がせたい。命題自体が矛盾していますね」

「警察官が私憤《しふん》に走ること自体が矛盾なんだと思います」

「護送係への襲撃も人的被害を考慮したのではありませんか」

「相手は同僚ですからね。笹清護送の情報は府警本部の通達で筒抜けだったので計画を立てるのは簡単でしたが、いかにして彼らを無力化するか苦労しました」

「欺瞞《ぎまん》に満ちた抗弁であるのは分かっていますよね」

「ええ。それらしい言い訳をしていますが、とんでもなく自分勝手な理屈だと自覚しています」

「奪取した笹清をクルマで応頂山麓に運んだのもあなたですね」

「合同庁舎近辺で防犯カメラがどこに設置されているかは事前に調べていたんです。それでレンタカーを借りて田蓑橋から走らせました」

「同行していた笹清はあなたを一瞬でも疑わなかったのですか」

「わたしが〈ロスト・ルサンチマン〉を名乗った時から全幅の信頼を置いていたようです。牢《ろう》の中で各地検爆破事件とわたしの声明を聞き知っていたんでしょう。行き先に検問があるという嘘を信じて素直にクルマから降りました。無防備に背を向けていたので心臓を狙うのは簡単でした。菜月さんを殺したのと同じ凶器、同じやり口を選んだのも検事のご推察通りです」

「そもそも、あなたはいつ内海菜月さんと知り合ったのですか」

「おそろしくプライベートな話ですね」

「遡って捜査記録を調べました。五年前、蛸地蔵の公園で発生したストーカー事件。通りがかりの会社員内海慎司氏が被害女性を庇ったとばっちりで命を落としましたが、彼の娘が内海菜月さん。犯人を逮捕した警官が緑川啓吾巡査、つまりあなたでした」

危うく美晴は呻《うめ》きそうになる。国会議員の三男坊がストーカー事件を起こした件は菜月の母親から聞いていたが、まさかここで繋がるのか。

「ご存じでしたか。本当に油断も隙もないな。ええ、事件の被害者遺族と担当した警察官という立場で最初は彼女の相談役だったんですが、何度も会って話をするうち情に絆《ほだ》されてしまいましてね。先輩からは被害者遺族にあまり肩入れするなと耳タコで忠告されていたのに、この有様ですよ」

自虐的な物言いながら、緑川はどこか懐かしそうに目を細める。

「父親が命を落とした顚末《てんまつ》を知っていましたからね。彼女が同じような殺され方をした時は不条理さに世を呪いましたよ。こんなことがあって堪るかって。悲しいとか悔しいとかの感情は全部笹清に向かいました。警察官であっても、ヤツに対する殺意は到底抑えきれませんでした」

「裁判で笹清に死刑判決が下るのを待てなかったのですか。あなたには笹清の殺害は正義かもしれないが、それはただの私刑に過ぎない」

「検事の仰るのはごもっともですが、七人を殺しても百パーセント死刑が確実という訳でもないでしょう。最近も刑法第三十九条を盾に無罪判決となった事例があります。弁護人の腕によったら笹清にそんな判決が下されないとも限らない。確実なのは自分の手であいつを葬《ほうむ》ることでした」

供述調書に署名指印したその場で、緑川は逮捕された。被疑者の脱走に加担した前例があるため、緑川には手錠を嵌めなくてはならない。彼に手錠を掛けた成島は痛みを堪えるかのように終始唇を噛み締めていた。

「最後になってしまいましたが」

立ち上がりかけて、緑川は口を開く。

「不破検事には大変な怪我をさせてしまい、大変申し訳ありませんでした。まさか検事が桃谷の宿舎に赴くなんて考えもしませんでした」

「わたし以外だったら良かったのか」

緑川の表情が凍《こお》りつく。

「すみません。失言でした」

「火薬の量を加減し、可能な限り死者が出ないようにした。しかし、あなたが仕掛けたテロ行為は人を選ばない。どんな動機で正当化しようと、やっていることは笹清と一緒だ」

その瞬間、緑川は今にも泣きそうな目をしていた。

逮捕とほぼ同じくして緑川の住んでいた官舎が家宅捜索された。彼の部屋からはアンホ爆弾の原材料である硝酸アンモニウムと燃料油の一部が発見された。また彼の供述に従ってレンタカー会社をあたったところ、五月十三日の午前九時から翌十四日の午前九時まで緑川の名前でセダンが貸し出されている事実が判明した。件のレンタカーのタイヤパターンが応頂山麓の現場に残存していたタイヤ痕と一致、車内に残っていた毛髪が笹清のそれに一致した。また岸和田署の資料室に保管されていたサバイバルナイフからは笹清の血痕も検出された。更に前日の十二日、緑川が資料室に入室した記録も残っており、ここに至って不破の推理が正しかったことが証明された。

署員が〈ロスト・ルサンチマン〉であると知った岸和田署長の顔色こそ見ものだったという。上司としての責任は免れず、良くて減俸悪ければ辞任というのがもっぱらの観測だった。逆の見方をすれば警察署長一人の辞任程度で事件の幕引きが図れるのなら、警察全体にとって安上がりとも言える。

社会不安を煽るテロリストの正体が私怨に走る警官と判明した途端、世間とマスコミの騒ぎは急速に沈静化した。幽霊の正体見たり枯れ尾花ではないが、テロリズムが蔓延する恐怖に比べればいち個人の復讐の方が許容できるということらしい。顧みれば緑川の犯行は多数の重軽傷者を出したが、死んだのは通り魔事件の犯人一人なのだ。大山鳴動して鼠《ねずみ》一匹、羊頭狗肉《ようとうくにく》の感も拭えず、騒ぎ立てるのが馬鹿らしくなったというのが本当だったのだろう。〈ロスト・ルサンチマン〉の言動を持て囃《はや》していたロスジェネ世代たちもばつが悪そうにすっかり口を噤んでしまった。

緑川の身柄が送検されると大阪府警からは帯津が、地検内部では榊がそれぞれ不破の労をねぎらいにやってきた。事件が進行中の時とは打って変わった低姿勢だったが、対する不破は相変わらずの無表情なので美晴はこみ上げる苦笑を堪えるのに必死だった。

こうして通り魔事件に端を発した爆破テロ事件は終結を迎えた。

少なくとも美晴はそう考えていた。

4

緑川の送検から二日後、美晴は不破を助手席に乗せて岸和田市岡山町の笹清宅へ向かっていた。

「それは笹清を殺害した犯人が逮捕されたんですから遺族に報告するのは当然ですけど、検事の担当は〈ロスト・ルサンチマン〉事件であって、笹清に関しては府警本部の担当者が赴くのがスジじゃないんでしょうか」

美晴が問い掛けても不破は目を閉じて何も答えない。昨日はやっと通院させて包帯を替えた。医師は順調に治癒しているものの、職場復帰などあり得ないと激怒していたのだ。

まるで眠っているような不破に返事は期待できそうになく、美晴は仕方なくハンドルを握り続ける。

「犯人がお巡りゆうんはニュースで散々聞いとるけ、丁寧に報告にくることたぁなかったのに」

二人を居間に上げた勝信はさして悲しんでいる様子もなく、淡々と話す。

「あんな事件を起こしたんなら、二度と生きて戻ってこんと思うとったけ。予想的中や」

「葬儀の予定はありますか」

「葬儀なんざするかい」

勝信は目の前のハエを払い除《の》けるような仕草で応える。

「七人殺しの犯人や。いくら死んだらみんな仏さんちゅうても、そんな極悪人の葬儀に誰が参列するかい。場所を提供する寺社も迷惑やろが」

笹清政市が極悪人であることに異論はないが、実の父親の言葉にしては冷酷に過ぎる気がした。

「果たしてそうでしょうか」

「何がや」

「葬儀を開いても参列者は集まりませんか。彼にも気の置けない友人の一人や二人いるのでは」

「検事さん、あんた俺に喧嘩《けんか》売ってんのかい」

「実は政市さんの高校時代のクラスメイト、大学時代の友人何人かに話を伺いました。取り調べ中、政市さんは攻撃的でややヒステリックな印象さえありました。ところが友人たちの持つ彼への印象は大いに異なります。いくぶん内向的であるにしても付き合いがよく、仲間うちの馬鹿話にも興じ、決して反社会的な言動が目立つ人物ではなかったようです」

「そんなことか。あの穀潰しはよ、折角大学まで出させてやったのに就職浪人しよって。それからは正社員になれず非正規雇用ばかり。ここ四、五年はバイトの口すらなかった。世の中から役立たずの烙印《らくいん》を押されたんや。根性の一つや二つ捻じ曲がっても不思議やないやろ」

「そういう側面は否定しませんが、友人の何人かは大学卒業後も連絡を取り合っており、一緒に呑んだこともあったそうです。その際の印象も在学中とあまり変わらなかった。変化が生じたと思われるのは今から五年前、つまりお母さんが病死されてからです。それを境に政市さんは友人との連絡が途絶えがちになり、ほぼ同時期に非正規の仕事も辞めてしまう」

「ふん。あいつは母親べったりやったからな。家の中で頼りになるモンがおらんようになったから自分の部屋に閉じ籠るしかなかった。父親とも話そうとせんヤツが一日中ネットにかじりついていたら、そら人も変わりよる」

「岸和田駅の事件で政市さんが逮捕された直後、捜査本部の捜査員が部屋に入って数々の私物を押収しています。その中にはパソコンも含まれていました」

「日がな一日ゲームに明け暮れとったみたいやからな。警察に取り上げられて一番惜しかったんは、あのパソコン違うか」

「フォレンジックというものですが、パソコンやスマホなどの端末やサーバに蓄積されたデジタルデータに法的な証拠能力を持たせる作業があります。具体的にはアカウントの持ち主が発信した内容、閲覧した情報の全てを抽出・解析し、犯行に関わる記録を明らかにします。時にはオリジナルのデジタルデータが改竄《かいざん》されていないか確認、または削除したデジタルデータの復元もするのですが、政市さんの場合は幸いにもデータが手付かずのままでした」

「三十男がネットで覗くモンなんざ、嘘八百の噂話かエロくらいやろ。しょーもない」

「政市さんは匿名掲示板に日頃の不満を吐き出していました。おそらく吐き出す相手がネットの住人以外にはいなかったのでしょう。そうした心情の吐露は、お母さんを亡くした直後から次第に苛烈になっていきます」

不破の指示で、美晴はバッグからA４サイズのファイルを取り出して渡す。

「これはフォレンジックによる分析の一部ですが、政市さんが発信した中で頻出する単語を抽出したものです。順に上げれば穀潰し、ロクデナシ、プータロー、無職、負け組、負け犬、非正規、能なし、底辺、下層階級、人生終了、Ｆラン」

「政市に向けられた言葉なら、それほど的外れでもないな。どれも当たっとるやないか」

「ところが、これらの侮蔑語は政市さんに向けられたものではありません。ＳＮＳや匿名掲示板を浚ってみると、そのほとんどが政市さん自らが自身について語った単語でした」

「言うた通りや。自分が負け犬やちゅう自覚があったんやろ」

「しかしこの時期、政市さんは仕事も持たず引き籠りの生活に入っています。現実の世界で言葉を交わした者もおらず、ネットでの相手からあからさまな誹謗中傷を受けた記録もない。では、どうして政市さんはこうした侮蔑語を自ら発信するようになったのか。考えられるのは、彼が現実で侮蔑の言葉を浴びた可能性です。その場合、彼を取り巻く環境から相手はたった一人に絞られる。政市さんと同居している勝信さん、あなたです」

名指しされた勝信は睨《ね》め上げるように不破を見る。

「あいつとはろくすっぽ話もせんかった」

「話をしなくても罵倒はできるでしょう」

勝信は視線を不破に固定する。

「政市はもう死んどる。それなのに俺があいつに何を言ったか、改めて調べる必要があるんけ」

「必要があるかないかを判断するのはわたしです」

「けっ」

毒づいてからしばらく黙っていたが、やがて勝信は不貞腐れた口調で語り始めた。

「俺はよ、今年で七十二になる。一九四八年生まれさ」

所謂団塊の世代だ。美晴もその世代については多少の知識がある。太平洋戦争直後の一九四七

（昭和二十二）年から一九四九（昭和二十四）年に生を享《う》けた世代だ。

「やたら同級生が多くてよ、小中学校は一学年千人もいたくらいや」

「第一次ベビーブームでしたね」

「それだけ同級生が多けりゃ競争も厳しゅうなる。当たり前や。実際、俺らの世代は毎日が競争の連続でよ。テストの点数さえ良かったらどんどん上にいける。家が貧乏でも勉強頑張ったら出世できる。ある意味、公明正大な時代やったな」

勝信は懐かしそうに言う。美晴にしてもずいぶんな昔話に聞こえる。教育の機会が均等に与えられるのであれば公明正大なのだろうが、現代では親の経済力が子どもの教育の機会を左右する。有り体に言えば貧しい家庭の子どもと富裕層の子どもでは教育環境に歴然と差異がある。従って勝信の世代は学歴が本人の能力を代弁するものだったが、今は社会的階層を明示するものに変化しつつある。

「公明正大な分、勝ち負けは点数と順位ではっきり決まる。勝ったモンは上にいき、負けたモンは下にいく。下に落ちたモンは公明正大な競争に負けたんやから負け犬と呼ばれてもしゃーない。負け犬にはその程度の能力しかないから、任される仕事も社会的な地位もレベルが低くなる。それも当然やけ」

ひどく一面的な見方だと思った。公明正大な競争という一点に支えられた理屈だから分かりやすい一方、極端な面がある。

「かく言う俺も負け犬でよ。成績が今イチやったから大学にも入れんかった。それでもよ、負け犬には負け犬なりの場所があってよ。ちっちゃいレンズ工場やったけど、手先の器用さを買われて重宝された。重宝されりゃ実入りも増える。まあ、いい時代やったさ」

勝信の働いた時期はちょうど高度成長期の頃だ。作るものは片っ端から売れ、年功序列と終身雇用が約束された、今から考えればひどく恵まれた時代だった。バブル崩壊後の日本しか知らない美晴には、これも半分おとぎ話のように聞こえる。

そして案の定、勝信の口調が俄《にわか》に刺々しいものに変わった。

「ところがよ、バブルが弾けて景気が悪うなったところに、アホで無能な政府がグローバリズムやら言い出して日本全体が失速した。いや、失速どころか停滞、下手したら逆戻りやな。長年工場のために骨身を削って働いた俺を定年で追い出しよった。信じられへんわ。不景気やからって退職金も雀《すずめ》の涙やったしなあ。あのド畜生の工場長め」

元々の荒い言葉に失意と恨み節が加わると、耳障りでしかなかった。

「俺に学歴さえあったらよ、あんな扱いは受けずに済んだはずなんや。それで政市は大学に行かせた。京大とか阪大は無理でも大学さえ出とったら、俺と同じ轍《てつ》は踏まんと思っとった。せやけどあかんかった。あいつも、やっぱり負け犬やった。競争相手に負けた。世間にも負けた。自分にも負けた。負け犬の子ォは負け犬にしかならん」

「それを政市さんに話したのですか」

「少しは発奮するかと思ったんやが誤算やったな。母親が死んで引き籠りになった頃からつい最近まで、あいつを励ますつもりで言うたった。せやけどなんぼ言うてもあいつは正社員にもなれず、低賃金の非正規やバイトしか勤まらんかった。ホンマ、根っから負け犬根性が染みついとるんやな。さっき検事さんが並べ立てた穀潰し、ロクデナシ、プータロー、無職、負け組、負け犬、非正規、能なし、底辺、下層階級は確かに言うた気がする。あとは憶えとらん」

「そうした言葉の数々が彼を追い詰めたとは思いませんか」

「思わんなあ」

勝信は不敵に笑ってみせる。

「他人から何を言われようが、自己が確立してたら人間は盤石や。他人の言葉に左右されるんは所詮根性なしの本人が悪い」

「あなたは他人ではないでしょう」

「二十歳《はたち》過ぎりゃ父親は一番身近にいる他人さ。俺のオヤジもそうやった」

美晴は慄然《りつぜん》とする。

検事調べの際、笹清からは形容しがたい気味の悪さを感じた。当時はその正体に気づかなかったが今なら分かる。

本当のバケモノは笹清ではなく父親の方だったのだ。

偏った価値観と己の恨み辛みを一方的に吐き出し、息子を汚物塗れにした。意識してか無意識かはともかく、母親の死で脆弱になった息子に筋違いの反社会性を植え付けてしまったのだ。実際には絶対的な勝ちも負けもないのに、無理やり敗北感を与えて泥水を啜《すす》らせた。五年もの間、ひとつ屋根の下で暮らす唯一の肉親から呪詛と憎悪を浴びせられ続けたら誰でも鬱屈し、攻撃的になる。

なけなしのプライドや承認欲求を拗らせた挙句、犯行に及んだ笹清に抗弁の余地はない。しかし責められるべきは果たして笹清だけだったのか。内向的だがどこにでもいるような青年をモンスターに変貌させた父親の責任は問われなくていいのか。

美晴が一人憤っていると、勝信がもう飽きたというように片手を払ってみせた。

「質問が終わったんならとっとと帰ってくれ」

翌日、閉庁時刻を過ぎた後、美晴は仁科を誘って電車で岸和田駅に向かった。笹清や〈ロスト・ルサンチマン〉に振り回された日々だったが、一度も被害者たちを弔っていないことに気づいたからだ。

「本当に、わたし、悔しくて悔しくて」

不破と勝信のやり取りについては仁科にも伝えてある。伝えたのは己の憤懣遣る方ない気持ちを理解してほしかったからだが、仁科は別のことに興味があるようだった。

「そん時、不破検事はどないしてたん」

「いつも通りでした。咎めるでも異議を申し立てるでもなく、無表情で父親を見ているだけ。正直、検事にも腹が立ちました」

「惣領さんの気持ちも分かるけど、警察や検察は父親に何の手出しもできひんよ。不甲斐ない息子を罵るなんて程度問題でどこの家でもやりかねん話やし、罰する条文がない訳やないけど立件も困難。マスコミが嗅ぎつけたところで家庭環境と親の教育が悪かったで片づけられるんがオチや」

「それは分かっているんですけど」

「送検された案件を吟味《ぎんみ》して然るべき罪に問う。それが検事の仕事でしょ。人にはそれぞれ与えられた役割と権限がある。分を超えた役割は越権行為ゆうのよ」

越権であるのは重々承知している。

それでも何とかして勝信を罪に問いたいと願う自分は幼稚なのだろうか。

不破に本来の役割以上を期待するのは強引に過ぎるのだろうか。

司法とはそれほどまで融通《ゆうずう》の利かないものなのだろうか。

話していると知らぬ間に岸和田駅に到着した。とうにラッシュ時を過ぎ、降車する利用客もまばらだった。

二人で改札口を通る。西出口、階段を下りてすぐの場所に献花台があるはずだった。

「待って」

階段を途中まで下りたところで仁科が手で制した。

「あれ見て」

仁科の指す方向に献花台が見える。しかし美晴が驚いたのはその前に佇《たたず》む者の姿だった。

不破だった。

不破は手にしていた花を台に捧げると、両手を合わせる。

階段から見下ろしていた美晴は声も出ない。

不破の顔は悲痛に歪んでいた。検事づきになってから能面以外の表情を目にするのはこれが初めてだった。

己の不甲斐なさに対する怒りなのか、勝信に対する憤りなのか、それとも命を奪われた七人への哀悼なのか。いずれにしても痛切極まりないという面持ちだった。

あんな悲しげな顔をするのか。

そっと仁科が肩を押さえてきた。しばらくは黙って見届けていようという合図だ。美晴も同じ気持ちだったので小さく頷く。
二人が見守る中、不破は合掌したまま頭《こうべ》を垂れ続けていた。

この作品はフィクションであり、実在する人物・団体・
事件などには一切関係がありません。

初出　「小説宝石」二〇二〇年十一月号～二〇二一年十月号

中山七里（なかやま・しちり）

1961年、岐阜県生まれ。2009年『さよならドビュッシー』で第8回「このミステリーがすごい！」大賞を受賞しデビュー。驚異的な執筆量で、「能面検事」シリーズ、「岬洋介」シリーズ、「御子柴礼司」シリーズなど人気シリーズ作を量産する。近著に『作家刑事毒島の嘲笑』『祝祭のハングマン』『殺戮の狂詩曲』など。

能面検事《のうめんけんじ》の死闘《しとう》

2023年5月30日　初版1刷発行

著　者　中山七里《なかやましちり》

発行者　三宅貴久

発行所　株式会社 光文社

〒112-8011　東京都文京区音羽1-16-6

電話　編　集　部　03-5395-8254

　　　書籍販売部　03-5395-8116

　　　業　務　部　03-5395-8125

URL　光　文　社　https://www.kobunsha.com/

組　版　萩原印刷

印刷所　萩原印刷

製本所　ナショナル製本

落丁・乱丁本は業務部へご連絡くだされば、お取り替えいたします。

ISBN978-4-334-91532-2